LE MASQUE
Collection de romans d'aventures
créée et dirigée par
ALBERT PIGASSE

A.B.C. CONTRE POIROT

Agatha Christie

A.B.C. CONTRE POIROT

traduit de l'anglais par Louis Postif

Librairie des Champs-Élysées

Ce roman a paru sous le titre original :

THE A.B.C. MURDERS

AVANT-PROPOS

Par le capitaine Arthur HASTINGS,
de l'Armée britannique.

Jusqu'alors, je n'ai rapporté que des faits dont j'ai été témoin. Par exception, je dois m'écarter cette fois de ce principe : voilà pourquoi certains chapitres de mon récit seront écrits à la troisième personne.

Néanmoins, je tiens à déclarer à mes lecteurs que je me porte garant de la véracité des incidents relatés dans lesdits chapitres. Si je me suis permis quelques licences poétiques en exprimant les pensées et les sentiments de plusieurs de mes personnages, je crois cependant n'avoir pas outrepassé les limites de la vraisemblance. Dois-je ajouter que mon ami, Hercule Poirot, a bien voulu m'accorder son entière approbation?

Si je me suis un peu trop attardé sur les comparses qui évoluent autour de cette étrange succession de crimes, c'est qu'à mon sens, il faut toujours faire entrer en ligne de compte l'élément humain. D'autre part, l'amour peut être un sous-produit du crime, ainsi que me l'a appris Hercule Poirot en une circonstance très dramatique.

Quant à Poirot lui-même, qu'il veuille bien trouver ici le témoignage de mon admiration pour la remarquable perspicacité dont il a fait preuve dans la solution d'un problème tout à fait neuf pour lui.

CHAPITRE PREMIER

LA LETTRE

Au cours du mois de juin 1935, je débarquai en Angleterre pour y passer six mois. Comme tous les autres, nous n'avions pas échappé à la crise mondiale et, confiant notre ranch de l'Amérique du Sud à ma femme, j'étais venu régler en Europe certaines affaires personnelles.

Inutile de dire qu'une de mes premières visites fut pour mon vieil ami Hercule Poirot.

Il avait loué un appartement meublé dans une maison toute neuve, d'un style tout à fait moderne. Histoire de le taquiner, je lui reprochai d'avoir choisi cet immeuble en raison de ses lignes parfaitement géométriques.

— Je n'en disconviens pas, mon ami, avoua-t-il. Trouvez-vous donc cette symétrie déplaisante?

Je lui répliquai que, pour mon goût, j'y voyais trop d'angles droits. Faisant allusion à une vieille plaisanterie, je lui demandai si, dans cette hôtellerie ultra-moderne, les poules pondaient des œufs carrés.

Poirot rit de bon cœur.

— Ah! ah! vous vous souvenez encore de cette boutade. Hélas! non. La science n'est pas arrivée à décider les poules à se conformer au goût actuel.

Les poules donnent toujours des œufs de tailles et de couleurs différentes!

J'examinai mon ami et le trouvai florissant de santé. Il avait à peine vieilli depuis notre dernière séparation.

— Poirot vous paraissez rutiler de santé et même rajeunir. Si la chose était possible, je dirais même que vous avez moins de cheveux gris.

Le visage de Poirot s'épanouit en un sourire.

— Pourquoi ne serait-elle pas possible? C'est la vérité pure.

— Vous prétendez que vos cheveux noircissent au lieu de grisonner?

— Parfaitement.

— Mais cela est scientifiquement irréalisable?

— Pas du tout.

— En tout cas, ce phénomène me paraît extraordinaire... et contre nature.

— Comme toujours, mon cher Hastings, vous conservez un esprit candide. Les années ne vous changent pas. Un fait vous étonne, vous en donnez aussitôt la solution, sans vous en apercevoir.

Intrigué, je le regardai bien en face.

Sans prononcer une parole, il se rendit dans sa chambre à coucher et reparut avec, à la main, une bouteille qu'il me tendit.

Je la pris étonné.

Je lus :

« *Revivit*. — Restitue à la chevelure sa nuance naturelle. *Revivit* n'est pas une teinture. Se fait en cinq couleurs : cendre, marron, blond vénitien, châtain et noir. »

— Poirot, m'écriai-je, vous vous teignez les cheveux?

— Enfin! Vous saisissez!

— Voilà donc pourquoi je vous trouve les cheveux plus noirs qu'à mon dernier séjour en Angleterre?

— Précisément.

— La prochaine fois, lui dis-je, revenant de ma stupéfaction, vous porterez des fausses moustaches... à moins que ce ne soit déjà fait?

Poirot se renfrogna. Il s'était toujours montré chatouilleux sur la question de ses moustaches, dont il était particulièrement fier. Mes paroles le touchèrent au vif.

— Non, non! mon cher. Ce jour-là est encore loin, j'espère. Des fausses moustaches! Quelle horreur!

Afin de me convaincre qu'elles lui appartenaient bien, il tira dessus d'un coup sec et vigoureux.

— A mon gré, elles sont encore magnifiques, lui dis-je.

— N'est-ce pas? Dans tout Londres, on n'en trouverait pas de pareilles.

Je m'en félicitai intérieurement. Mais pour tout l'or du monde je n'aurais voulu froisser Poirot en lui exprimant mon opinion.

Abordant un autre sujet, je lui demandai si parfois il lui arrivait encore d'exercer sa profession.

— Je sais que vous avez pris votre retraite voilà quelques années...

— Eh oui! Pour aller planter mes choux! Mais que survienne un meurtre intéressant... et j'envoie la culture à tous les diables. Depuis... Vous allez me comparer, sans doute, à la prima donna arrivée en fin de carrière et qui donne et redonne sa représentation d'adieu un nombre incalculable de fois!

J'éclatai de rire.

— Pour moi, cela s'est réellement passé ainsi. Après chaque affaire, je me dis : « Enfin, voici la dernière! » Mais, chaque fois, il surgit quelque nouveau crime! J'avoue, mon ami, que j'aurais tort de m'en plaindre. Dès que les petites cellules grises ne s'exercent plus, elles se rouillent.

— Je comprends. Alors, vous les faites fonctionner avec modération.

— Précisément. Je fais mon choix. Aujourd'hui, Hercule Poirot ne s'occupe que de la crème des crimes.

— Et il y a eu beaucoup de crème?

— Pas mal. Il y a quelque temps, je l'ai échappé belle.

— Un échec?

— Non! non! répondit Poirot, vexé. Mais... moi... Hercule Poirot, j'ai failli être tué!

J'émis un léger sifflement.

— Le meurtrier devait être bien audacieux!

— Ou plutôt téméraire. Mais, passons. Vous savez, Hastings, que je vous considère un peu comme une mascotte.

— Vraiment? En quel sens?

Sans répondre directement à ma question, il poursuivit :

— Dès que j'ai appris votre arrivée, je me suis dit : Il va sûrement se passer quelque chose. Comme autrefois, nous allons faire ensemble la chasse au malfaiteur. Mais nous ne nous contenterons point d'un crime ordinaire. Il nous faut quelque chose de rare... de recherché... de fin...

— Ma parole, Poirot, ne dirait-on pas que vous êtes en train de commander votre menu au Ritz?

— Avec cette différence qu'on ne saurait préparer un crime sur commande.

Il poussa un soupir.

— Toutefois, je crois à la chance... ou, si vous préférez, au destin. Vous, Hastings, le destin vous place à mes côtés pour m'empêcher de commettre une impardonnable méprise.

— Qu'appelez-vous une impardonnable méprise?

— Ne pas voir ce qui saute aux yeux.

Je tournai et retournai cette réplique dans ma tête sans réussir à en saisir entièrement la signification.

— Eh bien, tenez-vous ce crime sensationnel?

— Pas encore... Du moins...

Il fit une pause, fronça les sourcils, et, machinalement, remit en place un ou deux objets que j'avais dérangés par inadvertance.

— Jusqu'ici, je ne puis rien affirmer, prononça-t-il lentement.

Sa voix avait pris un ton si étrange que je le regardai avec surprise.

Son front demeurait plissé.

Soudain, avec un mouvement brusque et décidé de la tête, il traversa la pièce et gagna le bureau près de la fenêtre. Inutile de dire que tout y était classé et rangé avec un soin minutieux, en sorte qu'il put immédiatement trouver le papier qu'il cherchait.

Il revint vers moi, une lettre ouverte à la main. Après l'avoir lue, il me la tendit.

— Dites-moi, que pensez-vous de cela, mon ami?

Je pris la lettre avec curiosité.

Elle était écrite en caractères typographiques sur un papier assez épais.

Monsieur Hercule Poirot,

Vous vous faites fort, paraît-il, de résoudre des problèmes trop subtils pour nos pauvres policiers anglais à la cervelle obtuse. Nous allons, monsieur le malin, vous mettre à l'épreuve. L'énigme que nous vous poserons vous donnera peut-être du fil à retordre; en tout cas, ne manquez pas de voir ce qui se passera le 21 de ce mois, à Andover.

Recevez, etc.

A. B. C.

Je jetai un coup d'œil sur l'enveloppe. L'adresse était également écrite en caractère d'imprimerie.

— Le timbre de la poste indique : W. C. 1,

déclara Poirot. Eh bien, quelle est votre opinion?

Je haussai les épaules et lui rendis la lettre.

— C'est sans aucun doute l'élucubration d'un fou.

— Voilà tout ce que vous trouvez à dire?

— Seul un toqué a pu pondre ces lignes. Prétendez-vous le contraire?

— Pas le moins du monde, cher ami.

Il affecta un ton si grave pour me répondre que je le regardai, surpris.

— Vous prenez la chose trop au sérieux, Poirot.

— Un dément doit toujours être pris au sérieux, mon ami, car c'est un personnage très dangereux.

— Evidemment, je n'y avais pas songé... Je voulais dire qu'il s'agit là d'une mystification stupide... d'une blague d'homme qui a bu un coup de trop.

— Vous avez peut-être raison, Hastings; il n'y faut pas voir autre chose...

— Mais vous y voyez autre chose? répliquai-je devant son air mécontent.

Il se contenta de hocher la tête.

— Eh bien, que décidez-vous au sujet de cette lettre?

— Que puis-je faire? Je l'ai montrée à Japp. Comme vous, il n'y a vu qu'une plaisanterie absurde. Chaque jour, Scotland Yard reçoit de semblables messages. Moi aussi, j'en ai eu ma part.

— Mais à celui-ci vous attachez de l'importance?

Poirot répondit :

— Hastings, quelque chose m'inquiète dans cette missive...

Je me sentis impressionné malgré moi.

— Quoi donc?

Il prit la lettre et la remit en place dans le tiroir de son bureau.

— Si réellement vous prenez la menace au sérieux, pourquoi ne pas agir? demandai-je.

— Ah! voilà l'homme d'action qui se met à parler! Que voulez-vous que je fasse? La police du comté, dûment avertie, refuse de s'intéresser à cette lettre. On n'y relève nulle empreinte digitale et on ne possède aucune présomption quant à son auteur éventuel.

— De fait, l'instinct seul éveille votre méfiance?

— Je vous en prie, Hastings, employez un autre mot qu'instinct... Mon savoir... mon expérience me font pressentir quelque chose de louche dans cette lettre...

Il gesticulait, ne trouvant pas les termes adéquats pour exprimer sa pensée.

— Je vois peut-être une montagne où il n'y a qu'une fourmilière. En tout cas, il ne nous reste plus qu'à attendre.

— Le 21 de ce mois tombe vendredi prochain. Si un vol considérable est commis... aux environs d'Andover...

— Ce sera pour moi un grand soulagement...

— Un soulagement?

Le terme me paraissait peu en rapport avec la situation.

— Un vol peut causer une émotion, non pas un soulagement, protestai-je.

Poirot secoua énergiquement la tête.

— Vous faites erreur, mon ami. Vous ne comprenez pas ce que je veux dire. Un vol me procurerait un soulagement du fait qu'il m'enlèverait la crainte d'un mal beaucoup plus grand.

— De quoi?

— *D'un assassinat*, répondit Hercule Poirot.

CHAPITRE II

(*Ce chapitre ne fait point partie du récit du capitaine Hastings.*)

M. Alexandre-Bonaparte Cust se leva de son siège et ses yeux myopes firent le tour de la pauvre chambre à coucher. D'être resté trop longtemps dans la position assise, il se sentait courbatu et il s'étira de toute sa hauteur. Il était réellement d'une taille élevée, mais son dos voûté et sa myopie donnaient l'impression du contraire.

De la poche d'un vieux pardessus suspendu contre la porte, il tira un paquet de cigarettes bon marché et quelques allumettes. Ayant allumé une cigarette, il se rassit devant sa table de travail, prit un indicateur des chemins de fer, le consulta, puis étudia une liste de noms dactylographiés. D'un coup de plume, il marqua un des premiers noms de cette liste.

On était le jeudi 20 juin.

CHAPITRE III

ANDOVER

Les pressentiments de Poirot touchant la lettre anonyme qu'il avait reçue m'avaient, certes, impressionné sur le moment. Toutefois, je dois l'avouer, je n'y pensai bientôt plus et lorsque arriva le 21 juin, le souvenir m'en fut rappelé par une visite de Japp à mon ami belge.

Japp, chef inspecteur de Scotland Yard, que nous connaissions de longue date, m'accueillit chaleureusement.

— Sapristi! Mais c'est le capitaine Hastings, de retour de son pays de sauvages! Quel plaisir de vous revoir ici avec M. Poirot! Et toujours en parfaite santé. Tout juste le crâne un peu dégarni, hein? C'est le sort commun. Je n'y échappe pas moi-même.

Je fronçai le sourcil. Je m'imaginais, en effet, que, grâce aux soins que je prenais de ramener mes cheveux sur le sommet de la tête, cette légère calvitie, à laquelle Japp faisait allusion, passait presque inaperçue. En ce qui me concerne, Japp a toujours fait preuve d'un manque de tact agaçant, aussi je n'y attachai point d'importance et déclarai que ni l'un ni l'autre nous ne rajeunissions.

— Excepté M. Poirot, dit Japp. Sa tête pourrait

servir de publicité à un produit régénérateur de la chevelure. Ses moustaches restent magnifiques, et, dans sa vieillesse, le voici qui acquiert une célébrité unique. On le retrouve dans tous les crimes fameux de l'époque : mystères de l'air, du chemin de fer, meurtres dans la haute société... il s'insinue partout. Depuis qu'il a pris sa retraite, on n'a jamais tant parlé de lui.

— Je disais justement l'autre jour à Hastings que je ressemble à la prima donna qui donne toujours sa dernière représentation, dit Poirot, le sourire aux lèvres.

— Vous finirez par découvrir votre propre assassin, déclara Japp en éclatant de rire. Voilà une excellente idée à placer dans un livre!

— Je laisserai ce soin à Hastings, dit Poirot en clignant des yeux vers moi.

— Ah! ah! quelle bonne farce! s'exclama encore Japp.

Décidément, je ne voyais là rien de risible, et la plaisanterie me semblait plutôt de mauvais goût. Poirot, le pauvre vieux, avance en âge, et toute allusion à sa fin plus ou moins proche ne saurait lui plaire.

Sans doute mon expression trahissait-elle mon sentiment, car Japp changea de sujet de conversation.

— Etes-vous au courant de la lettre anonyme adressée à M. Poirot? me demanda-t-il.

— Je l'ai montrée moi-même à Hastings l'autre jour, dit mon ami.

— C'est juste. Mais je n'y pensais plus. Voyons, quel était le jour mentionné dans cette lettre?

— Le 21, déclara Japp. Je venais précisément vous le rappeler. Hier, nous étions le 21, et, par simple curiosité, j'ai téléphoné dans la soirée à Andover. Il s'agissait, en effet, d'une mystification. Rien ne s'est passé d'extraordinaire : des pierres lancées par des gamins, une vitrine brisée, un couple d'ivrognes et quelques menus délits. Voilà le bilan de la journée. Pour une fois, notre ami belge s'est fourvoyé.

— Me voilà donc soulagé, reconnut Poirot.

— Tiens, vous aviez pris cet incident au sérieux? lui demanda Japp d'un ton affectueux. Il ne fallait pas vous frapper. Chaque jour nous apporte une douzaine de lettres de ce genre. Des gens oisifs, au cerveau faible, ne trouvent rien de mieux que de nous écrire des messages aussi saugrenus. Ils n'y mettent aucune malice; ils ne songent qu'à s'amuser, voilà tout.

— J'ai eu tort. en effet, de prendre les choses à cœur, fit Poirot.

— Je m'en vais à présent, annonça Japp. J'ai une petite affaire de bijoux à régler dans la rue voisine. En passant, je suis monté pour vous rassurer, mon cher Poirot. Il eût été regrettable de laisser vos cellules grises fonctionner à vide.

Riant aux éclats de cette remarque qu'il s'imaginait très spirituelle, Japp s'en alla.

— Ce bon vieux Japp, toujours le même! dit Poirot.

— Je le trouve bien vieilli. Son poil grisonne comme celui d'un blaireau.

Mon ami toussota et me confia :

— Hastings, mon coiffeur applique un système extrêmement ingénieux... il le fixe sur votre crâne et vous brossez vos propres cheveux par-dessus. Ce n'est pas une perruque... mais...

— Poirot, m'écriai-je, une fois pour toutes, fichez-moi la paix avec les sacrées inventions de votre coiffeur. Que trouvez-vous à redire à mes cheveux?

— Moi?... Rien du tout.

— Si encore j'étais chauve... je comprendrais...

— Bien sûr! Bien sûr!

— Les étés torrides qui sévissent là-bas provoquent la chute des cheveux. Mais avant mon départ, je me procurerai un bon fortifiant du cuir chevelu.

— Je vous approuve.

— En tout cas, cette question ne regarde nullement Japp. Pour ma part, je le trouve insolent et lourd d'esprit. Il appartient à ce genre d'individus qui éclatent de rire lorsqu'on tire une chaise au moment où une personne va s'asseoir.

— Il n'est pas le seul de son espèce.

— Je qualifie cette coutume de complètement idiote.

— Oui, si l'on se place du point de vue de celui qui se dispose à s'asseoir.

Oubliant ma mauvaise humeur — toute allusion à ma calvitie naissante m'est, en effet, assez pénible —, je dis à Poirot :

— Je déplore que cette affaire de lettre anonyme se réduise finalement à néant.

— Je me suis fourré le doigt dans l'œil... je l'avoue. Je croyais discerner du louche dans cette lettre et ce n'était qu'une grotesque farce. Hélas! en vieillissant je deviens méchant comme un chien de garde aveugle qui aboie sans motif.

— Si je dois collaborer avec vous, ouvrons l'œil pour découvrir la « crème » des crimes, lui dis-je en riant.

— Vous rappelez-vous votre remarque de l'autre jour? Si vous pouviez commander un crime comme on se fait servir un dîner, que choisiriez-vous?

Me mettant à l'unisson avec le caractère enjoué de Poirot, je répondis :

— Examinons d'abord le menu : Vol? Faux? Non, cela ne me dit rien. Trop végétarien. Il me faut un meurtre... un assassinat tout saignant... avec la garniture, évidemment.

— Bien sûr. Et les hors-d'œuvre.

— Qui sera la victime? Un homme ou une femme? Un homme... une grosse légume... un millionnaire américain, un premier ministre, le propriétaire d'un grand journal? Quelle sera la scène du crime? Pourquoi pas la bibliothèque aux rayons garnis de belles reliures? Rien de tel pour créer l'ambiance. Quant à l'arme... ce sera un poignard au manche curieusement entrelacé... une idole de pierre sculptée...

Poirot poussa un soupir.

— Il y a aussi le poison, ajoutai-je, mais ce procédé présente toujours un côté technique... ou encore le coup de revolver éclatant dans la nuit... Avec cela, une ou deux jolies femmes.

— Aux cheveux châtains, murmura mon ami.

— Soit. Une des deux femmes sera injustement soupçonnée, et un malentendu surgira entre elle et son fiancé. Ensuite, une autre femme doit être suspectée, une femme plus âgée, une brune, genre femme fatale... et aussi un ami ou un rival du défunt... quelque vague secrétaire — le bouc émissaire — un homme jovial aux manières brusques; et un ménage de domestiques congédiés... avec un stupide détective comme Japp... c'est tout.

— Voilà ce que vous considérez comme la crème des crimes?

— Vous ne partagez point cet avis?

Poirot me regarda tristement.

— Vous venez de faire un joli résumé de la plupart des romans policiers publiés à ce jour.

— Eh bien, lui demandai-je, que commanderiez-vous?

Poirot ferma les yeux et se renversa dans son fauteuil. Entre ses lèvres, sa voix sortit comme un ronronnement :

— Un crime très simple, sans complication aucune, un crime de la vie courante... un crime intime.

— Qu'appelez-vous un crime intime?

— Supposez quatre types à la table de bridge,

et un cinquième au coin du feu. A la fin de la soirée, l'homme assis près de la cheminée est trouvé mort. Un des quatre autres — pendant qu'il faisait la quatrième main — s'est levé et l'a tué. Les trois autres, absorbés par le jeu, n'ont rien vu. Ah! voilà un joli crime! Lequel des quatre joueurs est le meurtrier?

— Ma foi, je ne vois là rien d'extraordinaire.

Poirot me lança un regard chargé de reproches.

— Parce qu'il n'y a ni dague curieusement ciselée, ni chantage, ni émeraude volée à une idole dans un temple, ni poison oriental ne laissant aucune trace. Hastings, vous avez le goût du mélodrame. Un drame ne vous suffit pas, vous en exigez toute une série.

— J'admets que souvent un second crime dans un roman réveille l'intérêt. Si le meurtre a été commis au premier chapitre et que l'enquête se poursuive jusqu'à l'avant-dernière page, l'histoire devient un brin fastidieuse.

La sonnerie du téléphone retentit et Poirot se leva pour répondre.

— Allô! Allô! Oui, c'est Hercule Poirot qui parle.

Il écouta une minute ou deux et je vis son visage changer d'expression.

Sa part de conversation ne comporta que quelques brèves paroles, sans aucun lien entre elles.

— Mais oui... Oui, bien sûr... Oui, oui, nous y allons... Naturellement... Vous avez peut-être raison... Oui, je l'emporte. A tout à l'heure!

Il replaça le récepteur et vint vers moi :

— C'est Japp qui me parlait, Hastings.

— Eh bien?

— Il vient de rentrer à Scotland Yard. Un message d'Andover l'y attendait.

— Andover?

Poirot prononça lentement :

— Une vieille femme du nom d'Ascher, tenancière d'un petit bureau de tabac, a été assassinée.

L'intérêt éveillé chez moi par le nom d'Andover s'atténua sensiblement. Je m'attendais à un crime fantastique... sortant tout à fait de l'ordinaire. Aussi le meurtre d'une vieille buraliste me parut sordide et tout à fait banal.

De sa voix grave et lente, Poirot poursuivit :

— La police d'Andover se croit en mesure d'arrêter l'assassin.

Nouvelle déception.

— Il paraît que la vieille ne s'accordait pas avec son mari, un ivrogne qui lui empoisonnait l'existence. Plus d'une fois, il a menacé de la tuer.

« Cependant, étant donné ce qui s'est passé la police désire de nouveau la lettre anonyme que j'ai reçue. J'ai annoncé que vous et moi partions immédiatement pour Andover.

Je repris courage. Si médiocre que parût ce crime, c'était tout de même un crime, et depuis fort longtemps je n'avais pas eu l'occasion de m'occuper de crimes et de criminels.

Je ne prêtai guère d'attention sur le moment aux paroles suivantes de Poirot, mais plus tard elles se présentèrent à ma mémoire avec un sens bien défini :

— Ce n'est que le commencement, avait annoncé Hercule Poirot.

CHAPITRE IV

MADAME ASCHER

A Andover, nous fûmes reçus par l'inspecteur Glen, un grand blond au sourire agréable.

Pour plus de précision, je crois devoir faire un bref résumé des faits.

Le crime avait été découvert par le policier Dover, le 22, à une heure du matin. Au cours de sa ronde, il avait secoué le bec-de-cane et constaté que le magasin était demeuré ouvert. Il entra, s'imaginant d'abord que la boutique était vide. Dirigeant sa lampe de poche vers le comptoir, il aperçut le corps prostré de la vieille femme. Lorsque le médecin légiste arriva, il déclara que la victime avait été frappée d'un coup sur la nuque, sans doute au moment où elle prenait un paquet de cigarettes sur l'étagère fixée derrière le comptoir. La mort remontait à sept ou neuf heures.

— Mais nous avons réussi à la situer d'une façon plus précise encore, expliqua l'inspecteur. Nous savons qu'un client est entré et a acheté du tabac à cinq heures trente. Un autre entra, mais sortit aussitôt après, à six heures cinq, croyant le magasin vide, ce qui place le meurtre entre cinq heures trente et six heures cinq. Jusqu'ici, je n'ai interrogé personne qui ait vu Ascher dans le voisinage, mais nous ne sommes qu'au début de l'enquête. A neuf heures, il se trouvait aux *Trois Couronnes*, passablement éméché. Dès que nous mettrons la main dessus, nous le garderons comme inculpé.

— Un personnage peu recommandable, inspecteur.

— Comme vous le dites.

— Il vivait séparé de son épouse?

— Oui. Ils se sont quittés voilà plusieurs années. Ascher, de nationalité allemande, occupait un emploi de valet de chambre, mais il s'est adonné à la boisson et devint incapable d'exercer son métier. Placée comme cuisinière, sa femme donnait une partie de ses gages à son mari, mais celui-ci continuait à boire et venait même faire des scènes chez les patrons de sa femme. Voilà pourquoi Mme Ascher s'engagea chez Mlle Rose, à La Grange, en pleine campagne, à trois kilomètres d'Andover; son mari ne pourrait s'y rendre aussi facilement. A sa mort, Mlle Rose laissa un modeste héritage à Mme Ascher qui prit un petit fonds de commerce : tabac et journaux. Elle arrivait tout juste à joindre les deux bouts. Son mari se reprit à l'insulter et à la menacer; pour se débarrasser du triste sire, elle lui remettait quelque argent en sus des quinze shillings qu'elle lui allouait régulièrement chaque semaine.

— Ont-ils des enfants? demanda Poirot.

— Non, seulement une nièce en service près d'Overton. Une jeune femme très sérieuse et intelligente.

— Vous disiez donc que cet individu — Ascher — menaçait constamment son épouse?

— Parfaitement. La boisson le rendait fou... il maltraitait sa femme et jurait qu'un jour il aurait sa peau. Elle n'était pas heureuse, la pauvre Mme Ascher.

— Quel âge avait-elle?

— Près de soixante ans... une personne honnête et travailleuse.

— Selon vous, inspecteur, Ascher aurait commis le crime? demanda Poirot d'un ton sévère.

L'inspecteur toussota et répondit sans se compromettre :

— Il serait quelque peu prématuré de l'affirmer, monsieur Poirot; cependant, je voulais entendre Frañtz Ascher me dire où il a passé sa soirée d'hier. S'il me fournit une explication satisfaisante, tant mieux sans quoi...

Il fit une longue pause.

— Rien ne manquait dans la boutique? demanda Poirot.

— Non. L'argent de la caisse ne paraissait pas avoir été touché. Selon toute apparence, aucune trace de vol.

— Vous soupçonnez le dénommé Ascher d'être entré dans la boutique en état d'ivresse, d'avoir insulté sa femme et finalement de l'avoir assommée?

— C'est la solution la plus vraisemblable. J'aimerais bien jeter un coup d'œil à cette lettre bizarre que vous avez reçue, monsieur Poirot. Serait-il possible qu'Ascher l'eût écrite?

Poirot tendit la lettre à l'inspecteur, qui la lut en fronçant les sourcils :

— Ascher n'est pas l'auteur de ces lignes, dit-il enfin. Il n'aurait pas employé ce terme : « notre » police britannique... à moins qu'il n'eût exceptionnellement fait preuve d'une finesse dont je ne le crois pas capable. En outre, cet homme n'est qu'une loque, sa main tremble trop pour écrire aussi lisiblement. Ce papier est de bonne qualité, ainsi que l'encre. Le plus curieux, c'est la date mentionnée... le 21 de ce mois... Evidemment, cela peut être une coïncidence.

— Possible!

— Mais cette sorte de coïncidence me déplaît souverainement, monsieur Poirot.

Le front plissé, l'inspecteur se tut pendant une minute.

— A. B. C. Qui diable est cet A. B. C.? Nous verrons la nièce, Mary Drower. Peut-être pourra-t-elle nous éclairer. Quelle drôle d'histoire! Sans cette lettre, j'aurais misé sur Frantz Ascher.

— Connaissez-vous le passé de Mme Ascher?

— Originaire du Hampshire, elle se plaça de bonne heure comme servante à Londres... où elle connut Ascher et l'épousa. Pendant la guerre, le ménage dut mal marcher et ils se séparèrent définitivement en 1922. Tous deux habitaient alors à Londres. Elle regagna ce pays-ci pour s'éloigner de cette brute, mais Ascher découvrit sa retraite et vint la relancer pour lui soutirer de l'argent.

A ce moment, un policier entra.

— Que se passe-t-il, Briggs?

— Ascher est ici, monsieur.

— Bien, faites-le entrer. Où se trouvait-il?

— Caché dans un fourgon qui stationnait sur une voie de garage.

— Pas possible! Amenez-le ici.

Frantz Ascher était un triste spécimen d'humanité. Il pleurnichait, criaillait et suppliait tour à tour. Ses yeux chassieux nous regardaient l'un après l'autre, à la dérobée.

— Que me voulez-vous? Je n'ai commis aucun mal. C'est honteux de traiter ainsi un honnête homme! Bande de saligauds!

Soudain il changea de ton :

— Non! non! ce n'est pas ce que je voulais dire... Vous ne ferez pas de mal à un pauvre diable... ne soyez pas méchants. Ici tout le monde se montre impitoyable envers le pauvre vieux Frantz. Pauvre vieux Frantz!

M. Ascher se mit à pleurer.

— C'est bon, Ascher, cessez vos jérémiades. Je

ne vous accuse de rien pour l'instant... Et personne ne vous oblige à faire une déposition... à moins que vous n'y teniez. D'autre part, si vous n'êtes pour rien dans le meurtre de votre femme...

Ascher l'interrompit et s'écria :

— Je ne l'ai pas tuée! Je ne l'ai pas tuée! C'est un infâme mensonge! Sales cochons d'Anglais... vous vous mettez tous contre moi! Non! je ne l'ai pas tuée! Je vous le jure!

— Vous l'avez pourtant menacée assez souvent, Ascher.

— Non! Non! Vous ne comprenez pas. Ce n'était qu'une plaisanterie... une bonne farce entre elle et moi. Alice savait parfaitement que je ne l'aurais pas tuée!

— Vous avez de drôles de façons de plaisanter! Voulez-vous me dire où vous étiez hier soir, Ascher?

— Oui! Oui! Je vais tout vous dire. Je ne suis pas allé voir Alice. J'étais en compagnie d'amis... d'excellents amis... aux *Sept Etoiles*, et ensuite au *Chien Rouge*...

Il parlait précipitamment, les mots chevauchant les uns sur les autres.

— J'étais avec Dick Willows, le vieux Curdie, Platt et un tas d'autres copains. Je vous dis que je ne suis pas allé voir Alice. *Ach, Gott!* Je vous jure que je dis la vérité.

Il criait de plus en plus fort. L'inspecteur dit à son subalterne :

— Emmenez cet homme et enfermez-le comme inculpé.

— Je ne sais que penser, ajouta-t-il lorsque l'individu tremblant, au regard faux et à la mâchoire mauvaise, eut disparu. N'était cette lettre, j'affirmerais que c'est lui le coupable.

— Quels sont ces hommes dont il cite les noms?

— Une bande de gens sans aveu... aucun d'eux ne reculerait devant un parjure. Je ne doute pas qu'il ait passé avec eux la majeure partie de sa soirée. Reste à savoir si personne ne l'a vu rôder, autour de la boutique, entre cinq heures et demie et six heures.

Poirot hocha la tête d'un air pensif.

— Vous êtes certain que rien n'a été enlevé de la boutique

L'inspecteur haussa les épaules.

— Cela dépend. On a pu soustraire un ou deux paquets de cigarettes... mais on ne commet pas un meurtre pour un si maigre butin.

— Et vous n'avez rien remarqué dans la boutique... rien qui vous ait paru suspect... incongru?

— Il y avait un horaire des chemins de fer.

— Un horaire des chemins de fer?

— Oui. Il était ouvert et retourné sur le comptoir... comme si quelqu'un venait de le consulter pour voir l'heure des trains partant d'Andover. Soit la vieille femme, soit un client.

— Tenait-elle cette sorte d'horaire?

L'inspecteur hocha la tête.

— Non. Elle vendait de petits horaires à un penny. Celui-ci était d'un grand format... du genre de ceux que vendent les grandes librairies.

Une lueur brilla dans les yeux de Poirot. Il se pencha en avant.

— Un horaire des chemins de fer, dites-vous? Un Bradshaw ou... ou un A. B. C.?

Une clarté illumina également l'œil de l'inspecteur.

— Sacrebleu! s'exclama-t-il. C'était un guide A.B.C.

CHAPITRE V

MARY DROWER

Je puis dire que je commençai réellement à me passionner pour cette affaire dès que j'entendis parler du guide A. B. C. Jusque-là, je suivais Poirot sans grand enthousiasme. Le meurtre sordide d'une vieille femme dans une ruelle évoquait tellement les crimes habituels relatés dans la presse, que je n'y attachais aucune importance et considérais la date de l'assassinat et celle du 21 courant mentionnée dans la lettre anonyme comme une pure coïncidence. J'aurais certifié que Mme Ascher était la victime de son ivrogne de mari. Mais la présence du guide A. B. C., si connu en Angleterre, et ainsi désigné parce qu'il donne la liste de toutes les stations de chemin de fer par ordre alphabétique, piqua ma curiosité au plus haut point. Ce détail ne pouvait être une seconde coïncidence.

Le crime crapuleux prenait pour moi un nouvel aspect.

Qui était le mystérieux individu qui avait tué Mme Ascher et laissé un horaire A. B. C. après lui?

En quittant le poste de police, Poirot et moi nous nous rendîmes au dépôt mortuaire pour examiner le cadavre de la défunte. Une étrange émotion m'empoigna lorsque je vis le visage tout ridé de cette vieille femme, ses rares cheveux gris tirés sur le front... Ses traits reflétaient une paix profonde et une extrême douceur.

— Elle n'a pas su qui l'a tuée ni avec quoi on l'a frappée, observa le sergent. Telle est, du moins, l'opinion du docteur Kerr. Tant mieux pour la pauvre vieille! C'était une si brave femme!

— Elle a dû être très jolie autrefois, opina Poirot.

— Vraiment? murmurai-je, incrédule.

— Regardez plutôt le contour du visage et le modelé de la tête.

Il poussa un soupir, replaça le drap sur la figure de la morte et nous quittâmes la morgue.

Ensuite, nous nous rendîmes chez le médecin légiste.

Le docteur Kerr était un homme d'âge mûr, à l'air compétent. Il parlait d'une voix brusque et décidée.

— L'arme n'a pas été retrouvée, nous dit-il. Impossible de préciser de quel instrument le meurtrier s'est servi. Cela peut être aussi bien une canne plombée, un gourdin, une massue ou tout autre objet pesant.

— Une force peu commune est-elle nécessaire pour frapper un tel coup?

Le médecin lança un regard vif vers Poirot.

— Vous vous demandez si un vieillard de soixante-dix ans, à la main tremblante, en est capable? Oui, à condition que l'arme soit suffisamment lourde à l'extrémité, quiconque même très faible, peut obtenir le résultat désiré.

— Le meurtre a donc aussi bien pu être commis par une femme que par un homme?

Cette suggestion déconcerta le médecin.

— Une femme? Ma foi, j'avoue n'avoir jamais songé à soupçonner une femme d'un pareil crime.

Après tout, c'est très possible... Cependant, du point de vue psychologique, je n'attribuerais point ce crime à une femme.

Poirot acquiesça d'un signe de tête.

— Parfaitement, parfaitement. Je partage votre avis, mais, en la circonstance, il convient de tenir compte de toutes les éventualités. Dans quelle posture gisait le cadavre?

Le médecin nous expliqua, avec force détails, la position de la victime. Selon lui, elle avait reçu le coup au moment où elle tournait le dos au comptoir, et par là même à son assassin. Elle était tombée comme une masse derrière le comptoir, en sorte qu'un client entrant dans la boutique ne pouvait la voir.

Ayant remercié le docteur Kerr, nous prîmes congé de lui.

Poirot me confia :

— Hastings, nous possédons un nouvel argument en faveur d'Ascher. S'il était allé insulter sa femme et la menacer, elle lui aurait fait face pour lui répondre. Au lieu de cela, elle avait le dos tourné... sans doute afin de prendre un paquet de cigarettes pour un client.

— C'est affreux!

Poirot secoua gravement la tête.

— Pauvre femme! murmura-t-il.

Puis il consulta sa montre.

— Overton n'est situé qu'à quelques kilomètres d'ici. Si nous y faisions un saut pour interroger la nièce de la morte?

— Vous ne songez donc point à vous rendre d'abord à la boutique où a eu lieu le crime?

— Je remets cette visite à plus tard... j'ai une raison pour agir ainsi.

Il ne me donna pas d'explications et, quelques minutes après, nous roulions sur la route de Londres, dans la direction d'Overton.

A l'adresse fournie par l'inspecteur, nous trouvâmes une maison d'apparence cossue, à quinze cents mètres environ du village.

A notre coup de sonnette répondit une jeune fille brune aux yeux rougis par des pleurs récents.

Poirot lui dit, d'une voix douce :

— Est-ce bien vous Miss Mary Drower, la femme de chambre?

— Oui, monsieur, c'est moi Mary.

— Peut-être pourrais-je vous parler quelques minutes... si votre maîtresse n'y voit pas d'inconvénient. C'est au sujet de votre tante, Mme Ascher.

— Madame est sortie, monsieur. Mais je suis sûre qu'elle me permettrait de vous faire entrer ici.

Elle ouvrit la porte d'une petite salle et nous laissa passer. Poirot s'assit près de la fenêtre et regarda la jeune fille bien en face.

— Vous êtes certainement au courant de la mort de votre tante?

Les larmes jaillirent des yeux de la jeune servante.

— Oui, monsieur. La police s'est présentée ici ce matin. Oh! c'est abominable! Pauvre tante! Après une vie si dure... mourir ainsi!

— La police ne vous a-t-elle pas priée de venir à Andover?

— Il faut, m'a-t-on dit, que j'assiste à l'enquête qui aura lieu lundi, monsieur. Mais je ne sais où aller à Andover et ne veux pas loger dans la chambre au-dessus de la boutique... De plus, ici, l'autre domestique est absente et je ne veux pas mettre madame dans l'embarras.

— Vous aimiez beaucoup votre tante, Mary? demanda doucement Poirot.

— Oui, monsieur, beaucoup. Elle s'est toujours montrée si bonne pour moi! A l'âge de onze ans, après la mort de ma mère, j'ai été la retrouver à Londres. Je suis entrée en service à seize ans, mais chaque jour de sortie, j'allais le passer près d'elle. Elle a été bien malheureuse avec cet Allemand, son « vieux démon », comme elle l'appelait. Jamais il ne la laissait en paix, ce vaurien, cette brute!

La jeune fille s'exprimait avec véhémence.

— Votre tante n'a-t-elle jamais songé à s'en débarrasser par les moyens légaux?

— Vous comprenez, monsieur, c'était son mari. Que vouliez-vous qu'elle fît? répondit simplement la nièce.

— Dites-moi, Mary, la menaçait-il souvent de la tuer?

— Oh! oui, monsieur. Il lui criait sans cesse qu'il allait lui couper la gorge. Il jurait en allemand et en anglais. Et pourtant, tante disait qu'il était si bon pour elle à l'époque de leur mariage! C'est effrayant, tout de même, ce que les gens peuvent changer!

— En effet. L'ayant entendu à plusieurs reprises proférer ces menaces, vous n'avez pas été surprise outre mesure lorsque vous avez appris le crime?

— Oh! si, monsieur! Mais jamais je n'aurais cru qu'il parlait sérieusement. Je m'imaginais simplement qu'il prenait plaisir à employer pareil langage. De plus, tante ne le craignait point. Il filait doux dès qu'elle voulait se montrer. Je dirais même qu'il avait peur d'elle.

— Pourtant, elle lui donnait de l'argent.

— Vous comprenez, monsieur, c'était son mari.

— Oui, vous me l'avez déjà dit.

Il fit une légère pause avant de poursuivre :

— Et si ce n'était pas lui qui l'avait tuée?

— Si ce n'était pas lui?

Elle ouvrit de grands yeux.

— Oui. Admettons que ce soit quelqu'un d'autre... N'avez-vous aucun soupçon?

L'étonnement de la jeune fille ne fit que croître.

— Pas le moindre, monsieur.

— Savez-vous si votre tante redoutait quelqu'un?

Mary secoua la tête.

— Tante ne se laissait intimider par personne. Elle avait la langue bien pendue et savait tenir tête à n'importe qui.

— Vous ne l'avez jamais entendue parler d'ennemis quelconques?

— Non, monsieur.

— A-t-elle jamais reçu de lettres anonymes?

— De quel genre de lettres parlez-vous, monsieur?

— De lettres non signées... ou signées seulement A. B. C.

Il l'examinait de près, mais elle paraissait embarrassée et hochait vaguement la tête.

— Votre tante a-t-elle d'autres parents que vous?

— Elle n'a plus personne, monsieur. Elle était d'une famille de dix enfants, dont quatre seulement ont atteint l'âge adulte. Mon oncle Tom a été tué à la guerre, mon oncle Harry est parti pour l'Amérique du Sud et on n'en a jamais plus entendu parler, et ma mère est morte, de sorte que je reste seule.

— Votre tante possédait-elle quelques économies?

— Un peu d'argent à la Caisse d'Epargne... suffisamment pour se faire enterrer décemment, elle me l'a souvent répété. A part cela, elle parvenait tout juste à joindre les deux bouts... avec son vieux démon toujours à ses crochets.

Poirot dit pensivement, s'adressant plutôt à lui-même :

— A présent, nous tâtonnons dans l'obscurité...

nous ne savons encore la direction à prendre... si les faits se précisent...

Il se leva.

— Si à quelque moment j'ai besoin de vous, Mary, je vous écrirai ici.

— Monsieur, je dois vous avertir que j'ai donné congé. Je n'aime pas la campagne, mais je restais dans cette place parce que je croyais faire plaisir à tante en demeurant près d'elle. A présent — de nouveau les larmes lui montèrent aux yeux —, aucun empêchement ne me retient et je compte retourner à Londres. La vie, là-bas, est plus gaie pour une jeune fille.

— En ce cas, je vous prierai de me faire connaître votre adresse lorsque vous entrerez dans votre nouvelle situation. Voici ma carte.

Poirot la lui tendit. Mary le considéra avec étonnement.

— Alors, vous... vous n'appartenez pas à la police, monsieur?

— Je suis un détective privé.

Enfin, elle prononça :

— Est-ce qu'il se passe... quelque chose d'étrange, monsieur?

— Oui, mon enfant, quelque mystère que je n'arrive pas à démêler. Peut-être pourrez-vous m'aider plus tard.

— Je... je ferai tout mon possible, monsieur. Tante n'aurait pas dû mourir ainsi. Elle ne le méritait pas.

Elle avait une façon bizarre de s'exprimer... mais profondément émouvante.

Quelques minutes plus tard, nous reprenions la route d'Andover.

CHAPITRE VI

LE THÉATRE DU CRIME

Le drame avait eu lieu dans une ruelle débouchant sur la rue principale. La boutique de Mme Ascher se trouvait vers le milieu sur le trottoir de droite.

Arrivé dans cette petite rue, Poirot consulta sa montre et je compris pourquoi il avait retardé jusqu'à présent sa visite sur le lieu du crime. Il était cinq heures et demie; Poirot voulait autant que possible reconstituer l'atmosphère de la veille.

Si tel était son but, il avait échoué complètement. A ce moment, l'aspect de la ruelle ne ressemblait en rien à ce qu'il était la veille. On remarquait quelques petites boutiques resserrées entre de misérables maisons. J'en déduisis qu'en temps normal on devait y rencontrer des gens de la classe laborieuse et une ribambelle d'enfants jouant sur les trottoirs et sur la chaussée.

A cette heure, un rassemblement se tenait devant une des boutiques et il ne fallait pas grande perspicacité pour deviner que ce groupe d'humains de conditions diverses considérait avec un intérêt intense l'endroit où un de leurs semblables avait été assassiné.

En approchant, nous vîmes, en effet, que ces

gens regardaient un magasin à la devanture malpropre et aux volets fermés, devant laquelle un jeune policeman à l'air harassé faisait « circuler » les passants. Avec l'aide d'un collègue, il réussit à éclaircir la foule des curieux. Certains, tout en grommelant, s'en allèrent vaquer à leurs occupations. Mais presque aussitôt d'autres vinrent les remplacer et remplirent leurs yeux avides du spectacle de cette boutique fermée où un meurtre avait été commis.

Poirot s'arrêta à quelque distance de cette cohue. De l'endroit où nous étions postés, nous distinguions assez facilement l'enseigne au-dessus de la porte. Poirot la lut à mi-voix :

— A. Ascher. Oui, c'est là...

Et il se remit en marche.

— Venez, Hastings, nous allons entrer.

Je m'empressai de le suivre.

Nous nous frayâmes un chemin dans la foule et avisâmes le jeune policier. Poirot montra le coupe-file que lui avait remis l'inspecteur. Avec un signe d'assentiment de la tête, le policier ouvrit la porte et nous laissa pénétrer dans la boutique, ce qui décupla la curiosité des badauds.

Comme les volets fermés rendaient la pièce obscure, le policier tourna un commutateur et une ampoule électrique de faible puissance éclaira le bureau de tabac de sa lumière parcimonieuse.

Je regardai autour de moi.

Je vis quelques revues bon marché et les journaux de la veille, jetés pêle-mêle sur un comptoir et recouverts de la poussière d'une journée. Derrière ce comptoir, des étagères, garnies de paquets de tabac et de cigarettes, montaient jusqu'au plafond. Deux grands bocaux, l'un contenant des pastilles de menthe et l'autre des sucres d'orge, attiraient le regard. En somme, une modeste boutique, comme il en existe des milliers en Angleterre.

Le policier, avec son accent traînard du Hampshire, essayait d'expliquer la scène du meurtre.

— On l'a retrouvée affalée derrière le comptoir. Le médecin assure qu'elle est morte sur le coup sans se rendre compte de ce qui lui arrivait. Sans doute tournait-elle le dos pour atteindre une étagère supérieure.

— Tenait-elle quelque objet à la main?

— Non, monsieur, mais à côté d'elle il y avait un paquet de « Players ».

Poirot approuvait et scrutait les moindres recoins en prenant des notes.

— Où se trouvait l'indicateur de chemin de fer?

— Ici, monsieur, dit le policier en désignant une extrémité du comptoir. Il était à la page d'Andover et retourné sens dessus dessous. Il semblait que l'agresseur cherchait le train à prendre pour regagner Londres. En ce cas, le coupable ne serait pas un habitant d'Andover. A moins que cet horaire eût appartenu à une tierce personne n'ayant rien à voir avec le crime, mais qui l'aurait simplement oublié ici.

— Et les empreintes digitales? demandai-je.

Le policier secoua la tête.

— Tout a été examiné aussitôt le crime découvert, et on n'a rien vu.

— Pas même sur le comptoir? interrogea Poirot.

— Elles étaient beaucoup trop nombreuses, monsieur, et toutes mêlées.

— Parmi elles, aucune d'Ascher?

— Encore trop tôt pour le dire, monsieur.

Poirot s'inquiéta si la vieille femme logeait audessus de sa boutique.

— Oui, monsieur. Prenez la porte du fond. Excusez-moi de ne pouvoir vous accompagner, monsieur; ma consigne m'oblige à demeurer en bas.

Poirot passa par la porte en question et je le suivis.

Derrière la boutique, une pièce servait à la fois de cuisine et de salle à manger. Tout y était propre, mais l'ameublement était des plus modestes. Sur la cheminée, j'avisai quelques photographies et m'approchai pour les examiner.

J'en comptai trois : un portrait de la jeune fille que nous avions vue l'après-midi, Mary Drower. Visiblement endimanchée, elle avait ce sourire timide et emprunté qui souvent gâte l'expression dans les clichés avec pose et leur fait préférer les instantanés.

La seconde photographie était d'un genre plus coûteux : elle reproduisait les traits d'une vieille dame aux cheveux blancs, avec un col de fourrure remonté autour du cou.

Je pensai que ce devait être là Miss Rose qui avait laissé à Mme Ascher le petit héritage et lui avait permis de monter son commerce.

La troisième photographie, de beaucoup la plus ancienne, représentait un jeune homme et une jeune femme en costumes démodés, se tenant bras dessus, bras dessous. L'homme portait une fleur à la boutonnière et le couple arborait un air de fête.

— Sans doute une photographie de mariage, dit Poirot. Regardez, Hastings. Ne vous ai-je pas dit que cette femme avait dû être jolie?

Il ne se trompait point. Malgré la coiffure surannée et les ridicules vêtements de l'époque, cette jeune personne possédait une beauté indéniable dans ses traits réguliers et son port gracieux. J'examinai de près son compagnon et j'avoue qu'il me fut impossible de reconnaître le père Ascher dans cet élégant jeune homme à l'allure altière.

Me souvenant du vieil ivrogne au regard sournois et de sa femme au visage ravagé par les veilles et les fatigues je frémis devant la cruauté impitoyable du temps.

De cette pièce, un escalier conduisait à deux chambres à coucher au premier étage. L'une d'elles était vide et dépourvue de meubles; l'autre, visiblement celle de Mme Ascher, avait été fouillée par la police. Une paire de couvertures usées garnissait le lit; un des tiroirs contenait du linge soigneusement reprisé, l'autre des recettes de cuisine et un roman broché intitulé *L'Oasis Verte*, une paire de bas neufs, deux bibelots en porcelaine : un berger mutilé et un chien tacheté de bleu et de jaune, un imperméable noir et un tricot de laine pendus à une patère contre la porte, tels étaient les biens terrestres de feu Alice Ascher.

La police avait naturellement enlevé les papiers personnels.

— Pauvre femme! murmura Poirot. Venez, Hastings, nous n'avons plus rien à faire ici.

Lorsque nous nous retrouvâmes dehors, il hésita un instant, puis traversa la rue. Presque en face de chez Mme Ascher, il y avait une épicerie, de ce genre de boutique où la marchandise est plutôt exposée sur le trottoir qu'à l'intérieur.

Poirot me donna quelques instructions à voix basse et pénétra dans le magasin. Une minute ou deux après, je l'y suivis. Il était en train de marchander une laitue; moi-même j'achetai une livre de fraises.

Poirot parlait avec animation à la grosse commère qui le servait.

— C'est en face de chez vous que cette malheureuse a été tuée, n'est-ce pas? Quelle triste affaire! Vous avez dû éprouver une rude émotion?

De toute évidence, l'énorme épicière en avait par-dessus la tête de ce crime. Toute la journée, elle avait dû être interrogée par les clients. Elle déclara :

— Tous ces badauds-là feraient bien de passer leur chemin. A quoi cela les avance-t-il de rester là, bouche bée, devant une porte close?

— Hier soir, ce devait être différent, observa Poirot. Peut-être avez-vous vu l'assassin entrer dans le bureau de tabac, un grand blond barbu. Un Russe, à ce qu'il paraît.

— Hein? Vous dites que c'est un Russe?

La femme le dévisagea longuement.

— On ajoute même que la police l'a arrêté.

— Voyez-vous ça! Un étranger!

— Mais oui. Je supposais que vous auriez pu, peut-être le remarquer hier soir?

— A dire vrai, à cette heure-ci je ne saurais dire ce qui se passe dans la rue. C'est le moment le plus occupé de la journée : il y a toujours des clients qui entrent en revenant de leur travail. Un grand blond... avec une barbe... Je ne vois personne, dans le voisinage, qui réponde à ce signalement.

J'interrompis leur conversation pour placer mon mot :

— Excusez-moi, monsieur, dis-je à Poirot, mais on vous a mal renseigné. On m'a affirmé, à moi, qu'il s'agissait d'un petit brun.

Une discussion intéressante s'ensuivit, à laquelle participèrent la grosse dame, son échalas de mari et un jeune commis à la voix rauque. Pas moins de quatre petits hommes bruns avaient été remarqués et le garçon enroué avait même repéré un grand blond. « Malheureusement, il n'avait pas de barbe », ajouta-t-il avec regret.

Finalement, nos achats terminés, nous quittâmes la boutique, laissant ces gens sous l'impression fallacieuse que nous étions des clients ordinaires.

— Et pourquoi toute cette comédie? demandai-je à Poirot d'un ton de reproche.

— Parbleu! Je voulais savoir s'il était possible

à un inconnu d'entrer impunément dans la boutique d'en face.

— N'auriez-vous pu poser la question à ces gens-là... sans toute cette kyrielle de mensonges?

— Non, mon ami. Si je m'étais contenté de les interroger, je n'aurais obtenu aucune réponse. Vous-même qui êtes Anglais ne semblez pas comprendre la réaction d'un Anglais devant une question directe. Invariablement, le soupçon s'éveille chez lui et il en résulte un silence obstiné. Si j'avais demandé le moindre renseignement à ces épiciers, ils seraient demeurés bouche close. Tandis qu'en émettant une opinion, même absurde, suivie de votre contradiction, j'ai aussitôt délié les langues. Nous savons donc, à présent, que ce moment de la journée est « très occupé », c'est-à-dire que chacun vaque à ses affaires, et que beaucoup de passants circulent. Hastings, notre assassin a fort bien choisi son temps.

Après une pause, il ajouta sur un ton de réprimande :

— Vous manquez complètement de jugeote, mon cher. Je vous dis : « Faites un achat quelconque », et vous ne trouvez rien de mieux que de choisir des fraises! Voilà qu'elles suintent déjà à travers votre sac et le jus va tacher votre habit.

Je constatai avec horreur que tel était, en effet, le cas.

Aussitôt. je tendis le paquet à un gamin qui s'en montra étonné et légèrement soupçonneux.

Poirot ajouta la laitue, mettant le comble à l'étonnement de l'enfant.

Il continua sa leçon de morale :

— Chez un petit épicier, pas de fraises. Une fraise, à moins d'être fraîchement cueillie, perd son jus. Une banane... des pommes... voire un chou... mais surtout pas de fraises!

— C'est la première chose qui m'est venue à l'idée, expliquai-je en manière d'excuse.

— Voilà qui est indigne de votre imagination, répliqua Poirot.

Il s'arrêta sur le trottoir.

La maison et la boutique à droite de chez Mme Ascher étaient vacantes. Une pancarte « A louer » pendait à une fenêtre. De l'autre côté se dressait une habitation aux rideaux de mousseline d'une propreté douteuse.

Poirot se dirigea vers cette demeure. Ne voyant pas de sonnette, il frappa plusieurs coups de marteau sur la porte.

Au bout de quelques minutes une fillette plutôt mal soignée lui ouvrit la porte.

— Bonsoir. Ta maman est-elle là?

— Quoi? répondit-elle d'un air renfrogné.

— Ta Maman? insista Poirot.

L'enfant réalisa enfin et cria dans l'escalier :

— M'man, on te demande!

Ensuite, elle disparut dans un coin sombre de la maison.

Une femme au visage maigre se pencha sur la rampe de l'escalier et descendit quelques marches.

— Inutile de perdre votre temps..., commença-t-elle.

Mais Poirot l'interrompit.

Il enleva son chapeau et fit une superbe révérence.

— Bonsoir, madame. Je viens de la part du journal *L'Etoile du Soir*, vous offrir une rémunération de cinq livres pour un article que nous vous prions de nous fournir sur votre défunte voisine, Mme Ascher.

— Donnez-vous la peine d'entrer, messieurs, ici, à gauche. Veuillez vous asseoir.

La petite pièce était encombrée d'un mobilier massif et sans style et nous parvînmes avec difficulté à nous serrer sur un sofa au siège dur.

— Excusez-moi, messieurs, de vous avoir si mal accueillis, mais vous ne sauriez croire la peine qu'on a à se débarrasser des importuns qui viennent vendre ceci ou cela : aspirateur, bas, sachets de lavande et autres babioles. Tous ces gens ont l'air poli et honnête, savent votre nom... Mme Fowler par-ci... Mme Fowler par-là...

S'emparant habilement du nom de la femme, Poirot lui dit :

— J'espère, madame Fowler, que vous acquiescerez à ma demande?

— Je n'en sais trop rien, répondit la dame qui, pourtant, ne perdait pas de vue les cinq livres. Evidemment, je connaissais Mme Ascher, mais pour ce qui est d'écrire quoi que ce soit...

Poirot se hâta de la rassurer. Il lui demandait seulement de répondre à ses questions : il se chargerait lui-même de rédiger l'interview.

Ainsi encouragée, Mme Fowler commença de raconter ses souvenirs et les papotages du quartier concernant la victime.

Mme Ascher s'était toujours tenue à l'écart... elle ne se liait avec aucune voisine; malgré tout, chacun savait que la pauvre femme avait maints ennuis. Il y a belle lurette que Frantz Ascher aurait dû être sous les verrous. Non que Mme Ascher eût peur de lui... quand elle se mettait en colère, c'était une véritable furie! Elle lui rendait bien la monnaie de sa pièce, mais cette fois-là, elle lui en avait peut-être trop dit. Elle-même, Mme Fowler, ne cessait de lui répéter : « Un de ces jours, cet homme vous tuera, madame Ascher; prenez garde à ce que je vous dis. » Ce qu'elle avait prévu était arrivé. Quant à elle, Mme Fowler, elle n'avait rien entendu, bien qu'elle fût sa voisine.

Elle fit une pause. Poirot en profita pour lui glisser une question :

— Mme Ascher avait-elle reçu des lettres... des

lettres sans signature... ou avec des initiales... comme A. B. C., par exemple?

La réponse de Mme Fowler fut négative.

— Je sais à quoi vous faites allusion... on appelle cela des lettres anonymes... des lettres pleines de mots qu'on n'oserait répéter sans rougir. Je n'en sais rien... et je ne crois pas que Frantz Ascher s'amuse à écrire de semblables lettres. Mme Ascher m'en aurait parlé. De quoi s'agit-il? D'un indicateur des chemins de fer... d'un A. B. C.? Non, je n'ai jamais vu ce livre chez elle, et je suis certaine que si Mme Ascher en avait reçu un exemplaire, elle n'aurait pas manqué de me le montrer. J'ai failli tomber à la renverse quand j'ai appris toute l'histoire. Ma fille Edie m'a appelée : « M'man! viens voir tous ces policiers à la porte de la voisine! » Cela m'a donné un rude coup, je vous assure! Quand on m'a tout raconté, j'ai dit : « Voilà une preuve qu'elle n'aurait jamais dû rester seule dans la maison, mais y habiter avec sa nièce. Un homme qui a bu peut se transformer en un loup. » Je l'ai avertie plus d'une fois, et ce que j'avais prédit s'est réalisé. Vous pouvez à présent vous rendre compte de ce dont un homme est capable sous l'empire de la boisson.

Elle poussa un profond soupir.

— Personne n'a vu Frantz Ascher entrer dans la boutique? remarqua Poirot.

Mme Fowler renifla avec dédain :

— Naturellement, il n'allait pas se montrer, répliqua-t-elle.

Comment M. Ascher était-il parvenu à entrer dans la boutique sans se faire voir? Mme Fowler ne daigna pas en donner l'explication.

Elle convint cependant qu'il n'existait d'autre entrée que celle de la boutique et que Frantz Ascher était fort connu dans le quartier.

— Mais il ne tenait nullement à être pendu et il a dû bien se cacher, ajouta Mme Fowler.

Poirot poursuivit quelques instants encore la conversation, mais quand il s'aperçut que Mme Fowler avait dit et répété tout ce qu'elle savait, il mit un terme à l'entretien en lui remettant la somme promise.

— Cinq livres... c'est trop payé, observai-je lorsque nous nous retrouvâmes dans la rue.

— Jusqu'ici... oui.

— Pensez-vous qu'elle en sache davantage?

— Mon ami, pour l'instant nous ignorons quelles questions poser. Nous ressemblons à des enfants qui jouent à cache-cache dans la nuit. Nous marchons à tâtons. Mme Fowler nous a dit tout ce qu'elle croit savoir... et même ce qu'elle soupçonne, sans restrictions. Dans l'avenir, son témoignage pourra nous être utile : c'est à dessein que j'ai placé cette somme de cinq livres.

Je ne saisis pas exactement son point de vue, mais à ce moment précis nous rencontrâmes l'inspecteur Glen.

CHAPITRE VII

M. PARTRIDGE ET M. RIDDELL

L'inspecteur Glen avait la mine renfrognée. Il venait de passer son après-midi à essayer de dresser la liste complète des personnes qu'on avait vues entrer dans le bureau de tabac.

— Eh bien, qui a-t-on vu? s'enquit Poirot.

— Trois hommes de haute taille au regard furtif, quatre petits à la moustache noire... deux barbes... trois gros bonshommes... tous des inconnus... et tous, si j'en crois les témoins, avec l'expression mauvaise. Je m'étonne qu'on n'ait pas rencontré une bande d'hommes masqués un revolver au poing!

Poirot sourit avec sympathie :

— Quelqu'un a-t-il aperçu Frantz Ascher?

— Non. Et c'est un point en sa faveur. Je viens de dire au chef que cette enquête doit être confiée à Scotland Yard, car il ne s'agit point d'un crime local.

Poirot dit sérieusement :

— Je suis d'accord avec vous.

L'inspecteur ajouta :

— C'est une vilaine histoire... très vilaine... qui ne me dit rien qui vaille.

Avant de regagner Londres, nous rendîmes visite à deux témoins.

D'abord à M. James Partridge... la dernière personne qui eût vu Mme Ascher en vie. A cinq heures trente il avait fait une emplette au bureau de tabac.

M. Partridge exerçait la profession d'employé de banque. Sec et maigre, ce bout d'homme portait un pince-nez et se montrait extrêmement précis dans son élocution. Il habitait une maisonnette aussi nette et propre que lui-même.

— Monsieur... euh... Poirot, dit-il en regardant la carte que mon ami lui avait remise. Vous venez de la part de l'inspecteur Glen? Que puis-je pour votre service, monsieur Poirot?

— Il paraît, monsieur Partridge, que vous êtes la dernière personne qui ait vu Mme Ascher en vie?

M. Partridge joignit le bout de ses doigts et considéra Poirot comme s'il eût examiné un chèque douteux.

— Ce point est discutable, monsieur Poirot. Plusieurs clients ont pu entrer après moi chez Mme Ascher pour faire leurs achats.

— En ce cas, ils ne sont pas venus nous l'apprendre.

M. Partridge toussota :

— Certaines gens n'ont pas le sens de leur devoir civique, monsieur Poirot.

A travers ses lunettes, il nous regarda de ses yeux de hibou.

— Parfaitement vrai, murmura Poirot. Selon toute apparence, vous vous êtes rendu à la police de votre propre chef.

— Certainement, monsieur. Dès que j'ai eu connaissance de l'horrible meurtre, j'ai compris que ma déposition pouvait être utile et j'ai agi en conséquence.

— Et je vous félicite, prononça Poirot, solennel. Voulez-vous me répéter votre déposition?

— Avec plaisir. Je retournais chez moi à cinq heures trente précises...

— Pardon, comment se fait-il que vous vous souveniez exactement de l'heure?

Cette interruption parut importuner M. Partridge.

— L'horloge de l'église venait de sonner la demie. Je consultai ma montre et m'aperçus qu'elle retardait d'une minute. Juste à ce moment, je franchissais le seuil de la boutique de Mme Ascher.

— Y faisiez-vous d'ordinaire vos achats?

— Oui. Assez souvent, le magasin se trouvant sur mon chemin. Deux fois par semaine environ, j'achète deux onces de tabac.

— Connaissiez-vous Mme Ascher? Vous tenait-elle au courant de ses ennuis?

— Pas du tout. A part mes achats, et quelques remarques sur le temps, je ne lui parlais jamais.

— Saviez-vous qu'elle avait un mari ivrogne qui la menaçait constamment?

— Non, j'ignorais tout de cette pauvre femme.

— Vous la connaisiez tout de même de vue. N'avez-vous rien remarqué d'insolite dans son attitude hier soir? L'avez-vous trouvée agitée ou inquiète?

M. Partridge réfléchit quelques secondes.

— Ma foi, elle m'a paru comme d'habitude.

Poirot se leva.

— Merci de vos renseignements, monsieur Partridge. N'auriez-vous point, par hasard, un indicateur A. B. C.? Je voudrais y chercher le train que je pourrais prendre pour rentrer à Londres ce soir.

— Sur l'étagère, derrière vous, monsieur Poirot.

Sur l'étagère en question se trouvaient un guide A. B. C., un horaire Bradshaw, un Annuaire du Stock Exchange, un *Who's Who* et un annuaire local.

Poirot prit l'A. B. C., fit semblant de chercher l'heure de son train, remercia M. Partridge et prit congé de lui.

*
* *

Notre seconde visite, d'un caractère tout différent, fut pour M. Albert Riddell. M. Albert Riddell exerçait le métier de poseur de rails et notre conversation fut accompagnée des bruits de vaisselle de l'épouse irascible de M. Riddell, des aboiements du chien de M. Riddell et de l'hostilité non déguisée de M. Riddell lui-même.

C'était une espèce de géant à la figure large et aux petits yeux méfiants. Il était en train de manger du pâté qu'il arrosait d'un thé extrêmement noir. Fort en colère, il nous dévisageait par-dessus le bord de sa tasse.

— J'ai déjà dit tout ce que j'avais à dire, grogna-t-il. J'ai tout dégoisé à ces fichus policiers et il faut encore que je recommence pour deux maudits étrangers.

Poirot me lança un regard amusé, et dit à M. Riddell :

— Vous avez certes raison, mais qu'y puis-je? Il s'agit d'un assassinat et nous devons prendre nos précautions, n'est-ce pas?

— Mieux vaut que tu racontes à monsieur ce qu'il veut savoir, Bert, avança sa femme timidement.

— Toi, ferme ça! rugit le géant.

— Vous n'êtes pas, à ce que je vois, allé de vous-même faire votre déposition à la justice? remarqua Poirot.

— Pourquoi y serais-je allé? Cela ne me regardait pas du tout.

— Question d'appréciation, dit Poirot. Un meurtre a été commis... la police veut savoir qui est entré dans la boutique... il me semble que cela eût paru... comment dirais-je?... plus naturel de vous présenter sans retard.

— Et mon travail? Qui vous dit que je ne serais pas allé trouver la police quand j'en aurais eu le temps?

— Quoi qu'il en soit, votre nom a été transmis aux policiers par une tierce personne et il a fallu qu'on vînt chez vous. Se sont-ils du moins montrés satisfaits de ce que vous leur avez dit?

— Pourquoi ne l'auraient-ils pas été? demanda Bert d'un air féroce.

Poirot se contenta de hausser les épaules.

— Où voulez-vous en venir, monsieur? Quelqu'un conçoit-il des soupçons contre moi? Chacun sait que la vieille a été assassinée par son bandit de mari.

— Pourtant, il n'a pas été vu dans la rue ce soir-là et vous y étiez.

— Ah! vous essayez de me fourrer ce crime sur le dos? Vous n'y arriverez pas. Pourquoi aurais-je fait cela? Pour lui chiper un paquet de son méchant tabac? Vous me prenez peut-être pour un de ces maniaques de l'homicide, comme on les appelle. Vous croyez...

Il se leva, menaçant, mais sa femme bêla :

— Bert, Bert... ne dis pas des choses pareilles. Bert, Bert, ils vont s'imaginer...

— Calmez-vous, monsieur, dit Poirot. Je vous demande simplement le récit de votre déposition. Votre refus me paraît... un peu bizarre...

— Qui vous dit que je refuse de parler?

M. Riddell se rassit.

— Vous êtes entré dans la boutique à six heures?

— Oui, en réalité une ou deux minutes après six heures. Je voulais un paquet de tabac. J'ai poussé la porte...

— Elle était donc fermée?

— Oui. Tout d'abord, j'ai cru que la boutique

était fermée pour de bon. Mais elle ne l'était pas. J'entrai et il n'y avait personne. Je frappai sur le comptoir et attendis un peu. Personne ne venant, je sortis. Voilà tout, mettez cela dans votre poche et votre mouchoir par-dessus.

— Vous n'avez pas remarqué le corps étendu derrière le comptoir?

— Non, vous ne l'auriez pas remarqué davantage... à moins que vous ne l'eussiez cherché.

— Y avait-il un indicateur des chemins de fer sur le comptoir?

— Oui... il était retourné. L'idée m'a traversé l'esprit que la vieille voulait prendre le train et était partie en oubliant de fermer sa porte à clef.

— Vous avez peut-être touché l'indicateur et l'avez déplacé sur le comptoir?

— Pas du tout. J'ai fait exactement ce que j'ai dit.

— Et vous n'avez vu personne quitter la boutique avant d'y entrer vous-même?

— Non. Mais, je vous demande, pourquoi m'accuser?

— Personne ne vous accuse... jusqu'ici. Bonsoir, monsieur.

Il laissa le bonhomme médusé, et je le suivis au-dehors.

Dans la rue, il consulta sa montre.

— En nous pressant, nous pourrions attraper le train de sept heures deux. Vite, à la gare!

CHAPITRE VIII

LA SECONDE LETTRE

— Eh bien? dis-je à Poirot, tandis que le train, un express, quittait la gare d'Andover.

Nous nous trouvions seuls dans un compartiment de première classe.

— Le crime, commença mon ami, a été commis par un individu de taille moyenne, aux cheveux rouges et aux yeux louches, qui boite légèrement du pied droit et qui a une verrue au-dessous de l'omoplate.

— Poirot? m'écriai-je.

J'étais prêt à le croire, mais un clignement d'œil de Poirot me fit comprendre qu'il se moquait de moi.

— Poirot! répétai-je, cette fois sur un ton de reproche.

— Que voulez-vous, mon ami? Vous me regardez avec des yeux de chien fidèle et vous me demandez de faire une déclaration à la Sherlock Holmes! Parlons franchement : j'ignore le signalement du meurtrier, où il habite et comment lui mettre la main au collet.

— Si seulement il avait laissé quelque trace après lui?

— Oui, c'est toujours ce à quoi vous pensez.

Hélas! l'assassin n'a pas fumé de cigarette et laissé de la cendre après lui; il n'est pas entré avec des souliers garnis de clous d'un modèle particulier. Non, il ne s'est pas montré aussi obligeant. Toutefois, mon ami, n'oubliez pas l'indicateur A.B.C. Voilà qui doit vous réconforter.

— Croyez-vous qu'il l'ait oublié par mégarde?

— Evidemment, non. Il l'a laissé avec intention. La recherche des empreintes nous le confirme.

— Mais on n'y a découvert aucune empreinte digitale.

— C'est ce que je veux dire. Quel temps faisait-il hier? Un temps magnifique, plutôt chaud. Ets-ce qu'au mois de juin, par une chaleur suffocante, un homme se promène avec des gants? Non, pas sans attirer l'attention. Le fait qu'on n'a relevé aucune empreinte sur l'A. B. C., indique que l'horaire a été soigneusement essuyé. Un innocent eût laissé des empreintes, un coupable, non. Notre homme l'a donc placé là volontairement. C'est tout de même un indice à suivre. Cet A. B. C. a été acheté par quelqu'un... ce quelqu'un l'a porté dans la boutique.

— Vous pensez que cet horaire nous mettra sur la piste du coupable?

— Franchement, Hastings, je ne me fais guère d'illusions. Cet individu, cet X... compte de toute évidence sur son extrême habileté. Il n'est pas homme à abandonner derrière lui une piste trop facile à découvrir.

— Ainsi cet A. B. C. ne nous sert à rien?

— Pas dans le sens où vous l'entendez.

— Dans quel sens, alors?

Poirot ne répondit pas immédiatement à ma question. Au bout d'une minute, il prononça lentement :

— Nous sommes en présence d'un personnage inconnu qui se tient dans l'ombre et voudrait y demeurer. Mais, vu sa nature, il ne peut s'empêcher de se mettre en lumière. D'un côté, nous ignorons tout de lui, et, d'un autre, nous en savons déjà assez long. Il commence à prendre forme à nos yeux. C'est un homme qui reproduit nettement les caractères d'imprimerie, qui se sert de papier de bonne qualité, et éprouve un vif besoin d'étaler sa personnalité. Dans son enfance, je le vois délaissé et mis à l'écart, puis grandir avec un sentiment de son infériorité, luttant contre l'injustice du sort... Je décèle alors chez lui l'envie de s'extérioriser, d'attirer sur sa personne l'attention d'autrui, mais les circonstances l'écrasent et il subit toutes sortes d'humiliations. Alors, en son for intérieur, l'étincelle met le feu aux poudres.

— Tout cela est pure hypothèse, objectai-je, et ne nous apporte aucune aide réelle.

— Vous préférez les bouts d'allumettes, les cendres de cigarettes et les souliers à clous! Vous êtes toujours le même. Nous pouvons cependant nous poser quelques questions d'ordre pratique. Pourquoi l'A. B. C.? Pourquoi Mme Ascher? Pourquoi Andover?

— Le passé de cette femme semble bien simple, hasardai-je. Nos entrevues avec ces deux hommes furent plutôt décevantes. Ils ne nous ont rien appris que nous ne sachions déjà.

— A dire vrai, je n'attendais pas grand-chose d'eux. Mais nous ne pouvions négliger ces deux assassins éventuels.

— Comment? Vous pensez que...

— On peut supposer que le meurtrier habite Andover ou aux environs. C'est la réponse à une de nos questions : « Pourquoi Andover? » Voici deux individus qui sont entrés dans la boutique à l'heure où le crime a été commis. L'un ou l'autre pourrait être le coupable. Or, jusqu'ici, rien ne démontre que l'un des deux le soit.

— Peut-être cette brute de Riddell...

— Je suis, au contraire, tenté d'innocenter Riddell. Il paraissait nerveux, violent et visiblement ennuyé...

— Cela prouve...

— Une nature diamétralement opposée à celui qui a envoyé la lettre signée A. B. C. La vanité et la confiance en soi sont les caractéristiques que nous devons rechercher.

— Un homme qui fait étalage de sa puissance...

— Possible. Mais certains individus aux manières timides et effacées cachent une forte dose de fatuité et de suffisance.

— Vous ne soupçonnez pas le petit M. Partridge?

— Ce genre d'individu me semblerait tout désigné : voilà tout ce que je puis dire. Il ne se fût pas comporté différemment de l'expéditeur de la lettre. Il se présente immédiatement à la police, se met au premier plan et semble y prendre plaisir.

— Alors, vous supposez, en réalité...

— Non, Hastings, je présume que le meurtrier n'habite pas Andover; toutefois, nous ne devons négliger aucune piste. Et, bien que je dise toujours « il », nous ne perdons pas de vue que le crime a pu être perpétré par une femme.

— Je vous l'accorde.

— La façon d'attaquer est celle d'un homme. Mais, ne l'oublions pas, les femmes envoient des lettres anonymes plus souvent que les hommes.

Je me tus quelques instants, puis je demandai à Poirot :

— A présent, qu'allons-nous faire?

— Quelle énergie, mon cher Hastings! me dit Poirot en souriant.

— Je vous demande simplement ce que nous allons faire.

— Rien.

— Rien?

Le ton de ma voix trahissait ma déception.

— Suis-je un magicien? Un sorcier? Que voulez-vous que je fasse?

Certes, il m'était difficile de répondre. Cependant, je sentais qu'il fallait entreprendre une action quelconque et ne point laisser l'herbe croître sous nos pieds.

Je hasardai :

— Voyons... Il y a l'A. B. C... le papier à lettre et l'enveloppe.

— Soyez tranquille. On s'occupe de ces détails. La police possède tous les moyens d'investigation pour ces sortes d'enquêtes : s'il y a quelque chose à découvrir, elle ne manquera pas de le faire.

Force m'était de prendre patience.

Durant les journées qui suivirent. Poirot affecta de ne point se préoccuper de l'affaire. Dès que je tentais d'amener la conversation sur ce sujet, il me réduisait au silence par un geste impatient de la main.

Je crains d'avoir deviné le motif de son mutisme. Poirot venait d'essuyer une défaite. A. B. C. l'avait mis au défi et A. B. C. avait triomphé. Accoutumé au succès, mon ami était sensible à cet échec... à telle enseigne qu'il ne pouvait supporter la moindre allusion à cet égard. Faut-il voir là un signe de faiblesse chez un si grand homme? La gloire peut tourner la tête au plus modeste d'entre nous. Dans le cas de Poirot, c'était fait depuis longtemps; rien d'étonnant si un insuccès lui causait une telle déception.

Par amitié, je respectai ce défaut de Poirot et évitai d'aborder cette question épineuse. Je lisais les comptes rendus de l'affaire dans la presse; ils étaient brefs et nul journal ne mentionnait la lettre signée A. B. C.

« Meurtre commis par un ou plusieurs inconnus », telle fut la conclusion du tribunal.

Ce crime, dénué de tout côté vraiment sensationnel, ne retint guère l'attention du public, et l'on oublia bien vite l'assassinat d'une malheureuse vieille femme dans une ruelle de petite ville.

Je dois avouer que je commençais moi-même par ne plus y songer, peut-être parce qu'il m'était pénible de constater la déconfiture de mon ami, lorsque, le 22 juillet, le souvenir m'en fut rappelé de façon inattendue et soudaine.

Je n'avais pas vu Poirot depuis deux jours. Après une fin de semaine passée dans le Yorkshire, je rentrai à Londres le lundi après-midi et la lettre arriva au courrier de six heures. Je me rappelle l'air suffoqué de Poirot lorsqu'il reconnut l'enveloppe.

— Le voici! s'exclama-t-il.

Je le regardai, sans comprendre.

— Quoi donc? lui demandai-je.

— Le second chapitre de l'affaire A. B. C.

Je n'y pensais plus du tout et ne savais de quoi il parlait.

— Lisez plutôt, me dit Poirot, en me tendant la lettre.

Comme la première fois, elle était écrite en caractères typographiques sur du papier de qualité supérieure.

Cher monsieur Poirot,

Eh bien, qu'en dites-vous? C'est moi le gagnant de la partie, ce me semble. L'affaire d'Andover a marché comme sur des roulettes, n'est-ce pas? Mais la plaisanterie ne vient que de débuter. J'attire votre attention sur Bexhill-sur-Mer. Date, le 25 courant.

Nous nous amusons follement!

Votre..., etc.

B. C.

— Mon Dieu, Poirot! Faut-il en déduire que ce bandit va commettre un nouveau meurtre?

— Sûrement, Hastings. Qu'attendiez-vous d'autre? Croyiez-vous que le crime d'Andover serait un cas isolé? Rappelez-vous mes paroles : ceci n'est que le commencement.

— Mais c'est affreux!

— Oui, c'est affreux.

— Nous avons affaire à un fou.

— Sans nul doute.

Son calme était des plus impressionnants. Je lui rendis la lettre avec un frisson d'épouvante.

Le lendemain matin, nous assistions à une conférence où se trouvaient réunis le chef de la police du Sussex, le sous-chef des recherches à Scotland Yard, l'inspecteur Glen, d'Andover, le chef inspecteur Carter, de la police du Sussex, Japp et un jeune inspecteur du nom de Crome, et, enfin, le docteur Thompson, le fameux médecin aliéniste.

Cette lettre portait le cachet de la poste de Hampstead, mais, selon Poirot, il ne fallait attacher aucune importance à ce détail.

L'affaire fut discutée à fond. Le docteur Thompson, un homme très agréable, se contentait, malgré tout son savoir, d'employer un langage familier, évitant les termes techniques de sa profession.

— Les deux lettres ont été écrites de la même main, cela ne fait aucun doute, dit le commissaire adjoint.

— Et nous pouvons affirmer sans crainte que son auteur a commis le crime d'Andover.

— Parfaitement. Nous sommes avertis qu'un second crime aura lieu le 25 — c'est-à-dire après-demain — à Bexhill. Qu'allons-nous faire?

Le chef de police du Sussex interrogea du regard son superintendant.

— Eh bien, Carter, qu'en dites-vous?

Carter hocha gravement la tête :

— C'est bien compliqué, monsieur. Nous ignorons complètement qui sera la victime. Quelle décision prendre?

— Permettez-moi une suggestion, murmura Poirot.

Les visages se tournèrent vers lui.

— Je soupçonne que le nom de la seconde victime commencera par la lettre B.

— C'est déjà un renseignement, dit le chef inspecteur.

— Il s'agit là d'un maniaque de l'alphabet, observa le docteur Thompson, pensivement.

— Ce que j'en dis n'est qu'une suggestion... rien de plus. J'y ai songé en voyant le nom d'Ascher peint sur la boutique de la malheureuse femme assassinée le mois dernier. Lorsque je reçus cette lettre mentionnant Bexhill, j'en ai déduit que la victime, de même que la ville, avaient pu être choisies en suivant l'ordre alphabétique.

— Possible, dit le médecin. D'autre part, le nom d'Ascher est peut-être une simple coïncidence, et la victime, cette fois encore, une vieille tenancière de magasin. Rappelez-vous que nous avons affaire à un fou. Jusqu'ici, il ne nous dévoile pas son mobile.

— Un fou agit-il dans une intention bien définie? demanda le chef de police, sceptique.

— Certes, monsieur. Une implacable logique inspire les actes des pires déments. L'un se croit envoyé par Dieu pour tuer les prêtres... ou les médecins... ou les vieilles femmes qui tiennent des bureaux de tabac... et derrière leurs agissements se trouve toujours un raisonnement cohérent. Ne nous laissons pas fourvoyer par la hantise de l'alphabet. Bexhill succédant à Andover peut n'être qu'une coïncidence.

— Nous pourrions du moins prendre certaines précautions, Carter, par exemple dresser une liste des gens dont le nom commence par la lettre B, et monter une garde spéciale près des petits bureaux de tabac et dépositaires de journaux dont les magasins sont tenus par des personnes seules. Il n'y a rien de mieux à faire. Bien entendu, il faudra surveiller de très près tous les étrangers au pays.

Le chef inspecteur laissa entendre un grognement.

— Avec la fermeture des écoles et le commencement des vacances, la plage est envahie par les touristes cette semaine.

— Agissons au mieux, répliqua le chef d'un ton sec.

L'inspecteur Glen prit à son tour la parole :

— Je vais ouvrir l'œil sur tous ceux qui ont pu être mêlés à l'affaire Ascher : les deux témoins Partridge et Riddell et, naturellement, Ascher lui-même. Si l'un d'eux s'éloigne d'Andover, je le ferai suivre.

Après quelques nouvelles suggestions et une conversation à bâtons rompus, la séance fut levée.

— Poirot, dis-je, alors que nous suivions les quais de la Tamise, on pourrait tout de même prévenir ce nouveau crime?

Mon ami belge tourna vers moi un visage hagard.

— Je crains que non, Hastings. Comment protéger une ville peuplée de milliers d'individus contre la folie d'un seul? Impossible, Hastings. Souvenez-vous de la série d'assassinats commis par Jack l'Eventreur.

— C'est effrayant! m'exclamai-je.

— La folie est une maladie dangereuse, Hastings. J'ai peur... bien peur...

CHAPITRE IX

LE MEURTRE DE BEXHILL-SUR-MER

Je me souviens encore de mon réveil, le matin du 25 juillet. Il devait être sept heures et demie. Poirot, debout près de mon lit, me secouait doucement l'épaule. Un coup d'œil vers son visage me tira de la demi-inconscience où je me trouvais, et soudain je rentrai en pleine possession de mes facultés.

— Que se passe-t-il? demandai-je, me dressant sur mon séant.

Sa réponse fut fort simple, mais sa voix trahissait une profonde émotion.

— C'est arrivé!

— Quoi? m'écriai-je, vous voulez dire... Mais nous sommes aujourd'hui le 25.

— Le crime a été commis hier soir... ou plutôt ce matin au petit jour.

Comme je sautais à bas de mon lit et effectuais une toilette rapide, il me raconta ce qu'il venait d'apprendre au téléphone.

— Le corps d'une jeune fille a été découvert sur la plage de Bexhill. Il s'agit d'Elisabeth Barnard. serveuse dans un des cafés de la ville. Elle habitait chez ses parents dans un petit bungalow tout neuf. Les médecins situent le décès entre onze heures vingt et une heure du matin.

— Est-ce sûr que ce soit *le* crime? demandai-je en me passant le blaireau sur les joues.
— Un guide A. B. C., ouvert à la page des trains pour Bexhill, a été trouvé sous le cadavre.
Je frémis.
— C'est horrible!
— Attention, Hastings. Je ne tiens nullement à voir un drame dans ma chambre.
J'essuyai vivement le sang sur mon menton.
— Quel est votre plan de campagne? demandai-je à Poirot.
— La voiture viendra nous prendre dans quelques minutes. Je vais vous faire monter une tasse de café ici, et nous partirons immédiatement.
Vingt minutes après, dans une voiture très rapide de la police, nous quittions Londres.
L'inspecteur Crome nous accompagnait. Il avait assisté à notre récente conférence et était officiellement chargé de l'affaire.
Beaucoup plus jeune que l'inspecteur Japp, Crome différait totalement de son confrère. Il affectait un silence d'homme supérieur. Il était, certes, élégant de manières et possédait une solide instruction, mais, à mon sens, il était un peu trop infatué de lui-même. Récemment, il s'était distingué dans une série de meurtres d'enfants. Grâce à sa patience et à sa perspicacité, l'assassin, finalement arrêté, était actuellement écroué à Broadmoor.
De toute évidence, ce jeune inspecteur était tout désigné pour démêler le cas présent, mais je jugeais qu'il était trop sûr de sa compétence. Il s'adressait à Poirot d'un air protecteur qui me déplaisait souverainement.
— J'ai eu un long entretien avec le docteur Thompson, dit-il. Il s'intéresse particulièrement à ce genre de meurtres en série. Il s'agit là d'une déformation mentale très spéciale. Evidemment, nous autres, profanes, nous ne saurions compren-

dre les particularités de ces individus comme il les envisage du point de vue médical. (Il toussota.) A propos, mon dernier cas — peut-être en avez-vous été mis au courant par les journaux —, le meurtre de Mable Homer, suivi de celui de la petite écolière de Muswell-Hill... en réalité, l'assassin Capper était un individu extraordinaire. Je vous assure qu'il me donna du fil à retordre. C'était son troisième crime... et il paraissait aussi sain d'esprit que vous et moi. Mais actuellement nous possédons plusieurs méthodes, toutes modernes, de faire parler les prévenus... inconnues de votre temps. Si vous amenez votre type à se trahir une fois, vous le tenez! Il sait que vous l'avez dépisté et il perd courage. Alors, il avoue tout ce que l'on veut.

— A mon époque, cela se passait parfois ainsi.

L'inspecteur Crome regarda mon ami et murmura :

— Ah! bah!

Pendant un moment nous demeurâmes silencieux. Crome dit enfin :

— Si vous avez quelques questions à me poser sur l'affaire de Bexhill, je vous en prie, n'hésitez pas.

— Vous n'avez sans doute pas un signalement de la jeune fille?

— Elle était âgée de vingt-trois ans et travaillait comme serveuse au café de la Chatte Rousse...

— Non, pas ça... Je vous demande si elle était jolie, fit Poirot.

— J'ignore ce détail, répondit l'inspecteur d'une voix détachée.

Son ton signifiait : « Vraiment, ces étrangers! Tous les mêmes! »

Une lueur de gaieté passa dans les yeux de Poirot.

— Selon vous, cela n'a pas d'importance. J'estime, au contraire, que, pour une femme, c'est capital : sa beauté décide souvent de sa destinée!

L'inspecteur Crome répondit par son éternel :

— Ah! bah!

Nouveau silence.

Comme nous approchions de Sevenoaks, Poirot rouvrit la conversation :

— Savez-vous, par hasard, comment et avec quel objet la jeune fille a été étranglée?

L'inspecteur Crome répondit d'un ton bref :

— Avec sa propre ceinture... une tresse de cuir épaisse, paraît-il.

Poirot écarquilla de grands yeux.

— Ah! Enfin, voilà un renseignement précis. Cela, du moins, nous apprend quelque chose, n'est-ce pas?

— Je ne m'en suis pas encore rendu compte, prononça froidement l'inspecteur.

Le manque d'imagination de cet homme me donnait sur les nerfs.

— Le meurtrier a laissé sa signature. Songez donc! La ceinture de la jeune fille! Voilà qui montre la vilenie du bonhomme.

Poirot me lança un coup d'œil énigmatique, où je crus deviner un humour impatient de se manifester. Je crus qu'il désirait ne pas me voir parler trop devant l'inspecteur.

Je me replongeai donc dans le mutisme.

A Bexhill, nous fûmes accueillis par le chef inspecteur Carter, accompagné d'un jeune inspecteur à l'air intelligent et aimable, du nom de Kelsey. Celui-ci devait prêter son concours à Crome.

— Sans doute, Crome, préférez-vous mener une enquête personnelle, dit le chef inspecteur. Je vais vous exposer les grandes lignes de l'affaire, et, ensuite, vous vous mettrez à la besogne.

— Merci, monsieur, répondit Crome.

— Nous avons annoncé la triste nouvelle au père et à la mère de la jeune fille, poursuivit le chef inspecteur. Quel coup pour ces pauvres gens! Je les ai laissés se ressaisir un peu, avant de leur poser des questions. Vous pourrez donc commencer par là.

— La famille se compose-t-elle d'autres membres? s'enquit Poirot.

— Oui... une sœur, dactylographe à Londres. Nous nous sommes déjà mis en contact avec elle. Il y a aussi un fiancé... Les parents supposaient que la jeune fille était sortie avec lui.

— L'A. B. C. ne vous a rien révélé de particulier? demanda Crome.

— Le voilà, dit le chef inspecteur en jetant un coup d'œil vers la table. Pas d'empreintes. Ouvert à la page des trains pour Bexhill. Il paraît tout à fait neuf : en tout cas, on ne s'en est pas beaucoup servi. Il n'a pas été acheté par ici : j'ai interrogé tous les libraires du pays.

— Qui a découvert le corps?

— Un de ces vieux militaires amateurs de promenade matinale, le colonel Jérôme. Vers sept heures, en compagnie de son chien, il longeait la côte dans la direction de Cooden. Son chien le quitta pour aller renifler quelque chose sur la grève. Le colonel l'appela, le chien ne bougea point. Trouvant le fait étrange, son maître le rejoignit. Devant la funèbre découverte, le colonel se comporta comme il le fallait : sans toucher au cadavre, il nous appela immédiatement.

— Le crime a été commis vers minuit?

— Entre minuit et une heure du matin... vous pouvez en être certain. Notre farceur homicide est un homme de parole. S'il annonce le 25, il commet son crime ce jour-là même, ne serait-ce que quelques minutes après minuit.

Crome approuva d'un signe de tête.

— Oui, c'est bien sa mentalité, observa-t-il. Rien d'autre? Personne n'a pu fournir quelque renseignement utile?

— Pas jusqu'ici... mais l'enquête ne fait que débuter. Toutes les personnes qui ont rencontré hier soir une jeune fille vêtue de blanc en compagnie d'un homme ont été invitées à se présenter devant nous, et comme il y avait au moins quatre ou cinq cents jeunes filles en blanc qui se promenaient hier soir avec leurs amoureux, ce sera un joli défilé!

— Mieux vaut que je m'y mette tout de suite, monsieur, dit Crome. Je vais aller au café et à la maison de la jeune fille. Kelsey pourra m'accompagner.

— Et M. Poirot? demanda le chef inspecteur.

— Je vous suis, dit M. Poirot à Crome, avec un gracieux salut.

Crome me parut légèrement ennuyé. Kelsey, qui ne connaissait M. Poirot que de réputation, eut un large sourire.

La première fois qu'on voyait mon ami, on le prenait inévitablement pour un farceur, ce qui me mortifiait au plus haut point.

— Qu'est devenue la ceinture avec laquelle le crime a été commis? demanda Crome. M. Poirot la considère comme une importante pièce à conviction. Sans doute désire-t-il la voir?

— Pas du tout, répliqua vivement Poirot. Vous m'avez mal compris.

— Cette ceinture ne vous apprendra rien, dit Carter. Si elle était en cuir, on aurait pu y relever des empreintes digitales, mais il s'agit d'une grosse tresse de soie... l'idéal en la circonstance.

Je frissonnai.

— Eh bien, dit Crome, partons.

Nous sortîmes tous quatre.

Nous allâmes d'abord à la Chatte Rousse. Situé sur le front de mer, cet établissement ressemblait aux autres salons de thé de l'endroit. On y voyait de petites tables recouvertes de napperons aux damiers orange, des fauteuils de paille très inconfortables, garnis de coussins orange. Beaucoup de personnes y prenaient leur petit déjeuner, car on y servait du café et cinq différentes marques de thé; à l'heure du lunch, les clients pouvaient commander des œufs brouillés, des crevettes et des macaroni au gratin.

Nous y entrâmes à l'heure du petit déjeuner et la patronne nous fit passer vivement dans une arrière-boutique tout en désordre.

— Miss... euh... Merrion? s'enquit Crome.

Miss Merrion, d'une voix geignarde, nous répondit :

— C'est moi, monsieur. Quel épouvantable scandale! Cette affaire va certainement nuire à ma maison.

Miss Merrion était une femme maigre d'environ quarante ans, aux cheveux carotte (elle ressemblait étonnamment à une chatte rousse). Ses doigts nerveux jouaient avec les fanfreluches qui faisaient partie de sa tenue professionnelle.

— Au contraire, rassura l'inspecteur. Pour vous, c'est une extraordinaire publicité. Vous verrez! D'ici peu, vous ne saurez où donner de la tête à l'heure du thé.

— C'est écœurant, dit Miss Merrion. Vraiment écœurant! C'est à désespérer de la nature humaine.

Cependant son œil éclatait de joie.

— Quels renseignements pouvez-vous nous fournir sur la malheureuse petite assassinée?

— Aucun! déclara Miss Merrion. Absolument aucun!

— Depuis combien de temps travaillait-elle chez vous?

— C'était son second été.

— Etiez-vous satisfaite de ses services?

— C'était une bonne serveuse... vive et avenante.

— Elle était jolie, n'est-ce pas? s'enquit Poirot.

A son tour, Miss Merrion le considéra d'un regard qui voulait dire : « Oh! ces étrangers! »

— C'était une jolie fille, à l'air honnête, ajouta-t-elle avec condescendance.

— A quelle heure a-t-elle quitté son travail hier soir? demanda Crome.

— A huit heures. Nous fermons à cette heure-là. Nous ne servons pas à dîner. Quelques clients viennent prendre des œufs brouillés et du thé (Poirot en frémit d'horreur) vers sept heures et parfois un peu plus tard, mais le coup de feu est terminé à six heures trente.

— Vous a-t-elle dit comment elle comptait passer sa soirée?

— Certes, non! s'écria Miss Merrion. Nous n'étions pas intimes à ce point.

— Personne n'est venu la demander? Ou l'attendre?

— Non.

— Etait-elle comme à l'ordinaire? Ou paraissait-elle gaie ou déprimée?

— Je ne pourrais vous le dire, répondit Miss Merrion de son air distant.

— Combien de serveuses employez-vous?

— Deux en temps normal, et deux autres du 30 juillet à fin août.

— Elisabeth Barnard n'était point parmi les extra?

— Non, elle travaillait ici toute l'année.

— Et l'autre?

— Miss Higley? Elle est très comme il faut.

— Miss Barnard et elle étaient-elles amies?

— Ma foi, je ne saurais vous l'affirmer.

— Nous ferions peut-être bien de l'entendre.

— Maintenant?

— S'il vous plaît.

— Je vais vous l'envoyer, dit Miss Merrion en se levant. Mais ne la retenez pas plus qu'il ne faudra. C'est le coup de feu pour le petit déjeuner.

La féline et rousse Miss Merrion s'éloigna.

— Très distinguée, remarqua l'inspecteur Kelsey.

Il imita les effets de voix de la femme : « Ma foi, je ne saurais l'affirmer. »

Une grosse fille dodue, aux cheveux noirs, aux joues roses et aux yeux marron agrandis par l'émotion, entra en coup de vent dans la pièce.

— Miss Merrion m'envoie ici, annonça-t-elle, sans reprendre haleine.

— Vous êtes bien Miss Higley?

— Oui, monsieur.

— Vous connaissiez Elisabeth Barnard?

— Oui, je connaissais Betty. Si ce n'est pas affreux! Je ne puis croire que ce malheur est arrivé. Je ne fais que le répéter à mes collègues : c'est impossible! Betty assassinée! Je ne puis me figurer pareille chose. Je me demande si je ne suis pas le jouet d'un mauvais rêve. Cinq ou six fois, j'ai dû me pincer pour savoir si oui ou non je dormais. Betty tuée par un homme... cela me semble invraisemblable!

— Vous connaissiez la défunte? insista Crome.

— Elle était ici avant moi. Je suis entrée seulement en mars dernier. Elle était si tranquille! Vous comprenez : ce n'était pas une fille à plaisanter et à rire avec le premier venu. Je ne veux pas dire qu'elle était triste. Elle aimait à rire et à s'amuser comme tout le monde. N'empêche qu'elle était sérieuse... Vous comprenez...

Je dois dire, à la louange de l'inspecteur Crome, qu'il témoigna d'une patience angélique envers la grosse Miss Higley, qui répétait chacune de ses phrases au moins une demi-douzaine de fois. Cet interrogatoire fut des plus décevants.

Elle n'était point l'amie intime de la jeune victime. Elisabeth Barnard, on le supposait devait se considérer une coudée au-dessus de Miss Higley. Durant les heures de travail, elle se montrait aimable avec toutes ses collègues, mais, en dehors du café, elle ne les fréquentait pas. Elisabeth Barnard était fiancée à un jeune homme de l'agence immobilière située près de la gare : MM. Court et Brunskill. Non, ce n'était ni M. Court, ni M. Brunskill, mais un employé dont elle ignorait le nom. Elle le connaissait de vue : c'était un beau garçon, toujours vêtu avec élégance. Il était facile de deviner une pointe de jalousie dans le cœur de Miss Higley.

En somme, le résultat de notre visite se résumait ainsi : Elisabeth Barnard n'avait fait part à personne dans le café de ses intentions pour la soirée, mais, selon Miss Higley, elle était allée rejoindre son fiancé. En effet, elle portait une jolie robe blanche, toute neuve, agrémentée d'un col à la mode.

Nous interrogeâmes sommairement chacune des deux serveuses, mais en pure perte! Betty Barnard ne leur avait confié aucun de ses projets et nulle d'entre elles ne l'avait rencontrée au cours de la soirée.

CHAPITRE X

LA FAMILLE BARNARD

Les parents d'Elisabeth Barnard habitaient un minuscule bungalow parmi la cinquantaine de pavillons de bois récemment construits, sur les confins de la station balnéaire, par un entrepreneur avisé. Ils avaient baptisé leur villa « Llandudno ».

M. Barnard, un fort gaillard de cinquante-cinq ans, apparut. Ayant remarqué notre approche, il se tenait sur le seuil de sa maison, l'air bouleversé.

— Veuillez entrer, messieurs, dit-il.

L'inspecteur Kelsey prit le premier la parole :

— Je vous présente M. l'inspecteur Crome, de Scotland Yard, monsieur. Il est venu ici pour nous aider dans l'enquête.

— Scotland Yard? répéta M. Barnard, reprenant ses esprits. Allons, tant mieux. Il faut absolument qu'on retrouve cet infâme assassin. Ma malheureuse enfant...

Son visage se crispa dans un spasme de chagrin.

— Je vous présente également M. Poirot, de Londres, et...

— Le capitaine Hastings, ajouta Poirot.

— Enchanté de faire votre connaissance, messieurs, prononça machinalement M. Barnard. Donnez-vous la peine d'entrer. Je ne sais pas si ma pauvre femme est en état de vous recevoir. Elle est si remuée par cet événement!

Cependant, dès que nous fûmes installés dans la salle à manger du bungalow, Mme Barnard fit son apparition. Les yeux rougis, elle avançait de la démarche chancelante d'une personnne accablée sous le poids d'une immense douleur.

— A la bonne heure, maman, dit M. Barnard. Te sens-tu un peu mieux, hein?

Il lui caressa l'épaule et l'assit dans un fauteuil.

— M. le chef inspecteur est très bon. Après nous avoir fait connaître l'affreuse nouvelle, il nous a promis de nous interroger, seulement un peu plus tard, pour nous donner le temps de nous remettre du premier choc.

— C'est épouvantable... épouvantable... se lamentait Mme Barnard à travers ses larmes. Est-ce possible que pareil malheur arrive!

— Je comprends votre peine, madame, dit l'inspecteur Crome. Et tout le monde, ici présent, vous offre sa sympathie. Mais nous voudrions connaître les faits afin de nous mettre à l'œuvre le plus vite possible.

— C'est tout à fait raisonnable, dit M. Barnard en approuvant de la tête.

— Votre fille avait vingt-trois ans. Elle vivait ici avec vous et travaillait au café de la Chatte Rousse. Est-ce bien exact?

— Oui.

— Vous habitez une nouvelle maison, n'est-ce pas? Où viviez-vous auparavant?

— Je travaillais dans la quincaillerie, à Kennington. Voilà deux ans que je me suis retiré. J'ai toujours souhaité vivre au bord de la mer.

— Vous avez deux filles?

— Oui. Mon aînée est employée dans un bureau à Londres.

— N'avez-vous pas éprouvé de l'inquiétude en ne voyant pas votre fille rentrer hier soir?

— Nous ignorions qu'elle n'était pas revenue, dit Mme Barnard de grosses larmes aux yeux. Papa et moi nous couchons très tôt... jamais après neuf heures. Avant l'arrivée de l'officier de police nous ignorions que Betty n'était pas de retour à la maison.

— Votre fille avait-elle l'habitude de... rentrer tard?

— Vous connaissez les jeunes filles d'aujourd'hui, inspecteur dit Barnard. Elles ne rêvent que de liberté. Et l'été on ne les voit pas de bonne heure, le soir à la maison. Néanmoins Betty était toujours là vers onze heures.

— Comment entrait-elle? La porte restait-elle ouverte?

— Nous glissions toujours une clef sous le paillasson.

— Votre fille était, paraît-il, fiancée et allait bientôt se marier.

— Oui, c'est exact, dit M. Barnard.

— Il se nomme Donald Fraser et me plaisait beaucoup, déclara Mme Barnard. Le pauvre garçon va être bien bouleversé par... cette nouvelle. Je me demande s'il est déjà au courant.

— Il travaille chez MM. Court et Brunskill, n'est-ce pas?

— Oui, chez les agents immobiliers.

— Avait-il coutume d'aller chercher votre fille après son travail?

— Pas tous les soirs... environ deux fois par semaine.

— Savez-vous s'ils sont sortis ensemble hier soir?

— Elle ne nous en a pas touché mot. Elle ne nous racontait jamais ses affaires. Mais, à part cela, c'était une excellente fille. Oh! je ne puis me figurer...

Mme Barnard se remit à sangloter de plus belle.

— Remets-toi un peu, maman, lui conseilla son mari. Essaie de dominer ton chagrin. Il faut absolument que ces messieurs aillent au fond des choses.

— Je suis bien sûre que jamais Donald n'aurait... jamais..., murmura Mme Barnard.

— Voyons, calme-toi... calme-toi! répondit M. Barnard.

Il se tourna vers les deux inspecteurs.

— Je ne demanderais pas mieux que de vous rendre service... mais je ne sais rien... rien qui puisse vous mettre sur la piste de cet infâme assassin. Betty était une jeune fille insouciante et gaie... fiancée à un garçon sérieux... elle sortait avec lui... Qui pouvait avoir intérêt à la tuer? Je n'y comprends rien...

— Monsieur Barnard, dit M. Crome, nous désirerions jeter un coup d'œil dans la chambre de Mlle Barnard. Peut-être y découvrirons-nous des lettres... un journal... ou quelque objet qui nous mette sur la voie.

— Je vais vous y conduire, dit M. Barnard en se levant.

Crome le suivit, puis Poirot et Kelsey. Je fermais la marche.

Je dus faire halte un instant pour renouer le lacet de ma chaussure. Un taxi stoppa devant la porte du jardin et une jeune fille en sortit. Après avoir réglé le chauffeur, elle courut dans l'allée menant à la maison. Elle portait une petite valise à la main. En pénétrant dans la maison, elle me vit et s'arrêta net.

L'inquiétude peinte sur son visage ne laissa pas de m'intriguer.

— Qui êtes-vous? me demanda-t-elle.

Embarrassé pour lui répondre, je descendis quelques marches. Devais-je lui dire mon nom... ou lui apprendre que j'étais venu ici en compagnie de la police? Mais la jeune personne ne me donna pas le temps de prendre une décision.

— Oh! dit-elle, je devine!

Elle enleva le béret de laine qu'elle portait et le lança à terre. La lumière qui tombait sur elle me permit de mieux la voir.

Tout d'abord, elle m'avait fait l'effet de ces poupées hollandaises avec lesquelles mes jeunes sœurs jouaient dans leur enfance. Ses cheveux noirs étaient coupés droit sur la nuque et sur le front. Ses pommettes, assez hautes, donnaient à son visage cette forme angulaire moderne assez séduisante, à mon gré. Elle n'était point belle mais possédait une vitalité inaperçue.

— Vous êtes Miss Barnard? lui demandai-je.

— Oui, Megan Barnard. Vous appartenez sans doute à la police?

— Non... pas précisément...

Elle m'interrompit :

— Voici tout ce que je puis vous apprendre sur le compte de ma sœur : c'était une excellente fille, très jolie, sans fréquentations masculines. Au revoir, monsieur.

Elle ricana, puis me lança un regard de défi.

— C'est ainsi que l'on doit s'exprimer, n'est-ce pas?

— Je ne suis point un reporter, si vous désirez le savoir.

— Alors, qui êtes-vous?

Elle jeta un coup d'œil dans la cuisine.

— Où sont papa et maman?

— Votre père fait visiter la chambre de votre sœur aux policiers et votre mère est là, dans la salle à manger. La pauvre femme est bien bouleversée.

La jeune fille sembla prendre une décision.

— Venez par ici, me dit-elle.

Elle ouvrit une porte et entra. Je la suivis et me trouvai dans une petite cuisine très propre et très ordonnée.

J'allais refermer la porte derrière moi... mais j'éprouvais une résistance inattendue. L'instant d'après, Poirot se faufilait tranquillement dans la pièce et fermait lui-même la porte.

— Mademoiselle Barnard, dit-il en saluant légèrement.

— Je vous présente M. Hercule Poirot, annonçai-je.

Megan Barnard lui accorda un coup d'œil appréciateur.

— J'ai entendu parler de vous, monsieur. N'êtes-vous pas le détective privé à la mode?

— Votre opinion à mon égard n'est guère flatteuse... mais passons, prononça Poirot.

La jeune fille s'assit sur le bord de la table de cuisine et chercha une cigarette dans son sac à main. Elle la porta à ses lèvres, l'alluma, puis, entre deux bouffées, déclara :

— Je ne vois pas ce que M. Hercule Poirot vient faire dans un crime insignifiant à ses yeux.

— Mademoiselle, lui dit Poirot, on composerait certainement un livre avec ce que vous et moi ne voyons pas. Mais tout cela importe peu. Ce qui nous intéresse le plus pour l'instant ne sera pas facile à découvrir.

— De quoi s'agit-il?

— Mademoiselle, la mort entoure les défunts d'une auréole. Je viens d'entendre ce que vous avez dit à mon ami Hastings : « Ma sœur était « une excellente fille, très jolie, sans fréquenta- « tions masculines. » Vous avez prononcé ces paroles sur un ton de moquerie pour la presse. Dès qu'une jeune personne meurt, voilà, en effet, les phrases que chacun répète. Elle était intelligente, d'humeur enjouée... elle n'avait aucun souci, pas de fréquentations équivoques. On se montre extrêmement charitable envers les morts. Savez-vous ce que je souhaiterais le plus en ce moment? Parler à quelqu'un qui a connu Elisabeth Barnard et ignore sa mort! Alors, peut-être apprendrais-je ce que je voudrais savoir... la vérité.

Tout en tirant sur sa cigarette, Megan Barnard observa longuement Poirot. Enfin, elle prit la parole. Ses propos me firent sursauter.

— Betty, dit-elle, n'était qu'une petite dinde!

CHAPITRE XI

MEGAN BARNARD

Comme je l'ai dit, les paroles de Megan Barnard, et encore plus son air impassible, me firent bondir de surprise.

Poirot se contenta d'approuver d'un hochement de la tête.

— A la bonne heure, mademoiselle! Vous êtes intelligente.

Megan Barnard poursuivit sur le même ton détaché :

— J'aimais beaucoup Betty, ce qui ne m'empêchait pas de la juger et de constater sa sottise... A l'occasion, je ne lui ménageais pas mes recommandations. Entre sœurs, on se parle franchement.

— Suivait-elle vos conseils?

— Non, évidemment, répondit Megan en haussant les épaules.

— Mademoiselle, je vous serais reconnaissant de me citer des faits.

La jeune fille hésita un instant.

Poirot l'encouragea d'un sourire :

— Je vous aiderai. Vous avez dit à Hastings que votre sœur était une excellente fille, insouciante, sans fréquentations masculines. C'était...

un peu... le contraire de la vérité, n'est-ce pas?
Megan articula lentement :

— Comprenez-moi bien : Betty ne faisait aucun mal. Sa conduite était irréprochable. Ce n'était pas une de ces péronnelles qui se laissent emmener pour la fin de semaine. Loin de là! Elle adorait sortir, aller au bal et... recevoir des compliments.

— Etait-elle jolie?

Cette question, posée pour la troisième fois, reçut enfin une réponse nette.

Megan glissa de la table, se dirigea vers sa valise, l'ouvrit et en tira un objet qu'elle tendit à Poirot.

Dans un cadre de cuir, je vis le buste d'une jeune fille blonde, au sourire emprunté. Sa chevelure, récemment soumise à la permanente, nimbait son visage d'une auréole de boucles. Ce n'était certes pas une beauté classique : la figure était jolie, mais d'une joliesse assez commune.

Poirot rendit le portrait.

— Vous ne lui ressemblez pas, mademoiselle.

— Oh! moi, je suis la fille laide de la famille. Il y a belle lurette que je le sais.

D'un geste, elle écarta cette pensée comme si elle n'y attachait aucune importance.

— En quoi estimez-vous que votre sœur se conduisait comme une sotte? Peut-être à l'égard de M. Donald Fraser?

— Précisément. Donald est très calme... mais... il ne peut souffrir certaines choses... et alors...

— Alors, quoi, mademoiselle?

Il la dévorait des yeux.

Elle hésita quelques secondes avant de répondre.

— Je craignais qu'il... ne lâchât ma sœur pour de bon. Ce qui eût été dommage. C'est, au demeurant, un brave garçon, très travailleur, qui eût été pour elle un excellent mari.

Poirot l'observait toujours avec insistance. Elle ne broncha point, mais le dévisagea à son tour d'un air qui me rappela ses façons méprisantes du début.

— Mademoiselle, vous vous écartez maintenant de la vérité, dit enfin Poirot.

Elle haussa les épaules et alla vers la porte.

— En tout cas, fit-elle, j'ai fait de mon mieux pour vous aider.

La voix de Poirot la fit se retourner :

— Attendez, mademoiselle, je voudrais vous dire quelque chose.

Elle obéit, mais à contrecœur.

A ma grande surprise, Poirot raconta en détail l'histoire des lettres signées A. B. C., le meurtre d'Andover et la présence d'indicateurs de chemins de fer auprès de chacune des victimes.

Avec une attention soutenue, les lèvres entrouvertes et les yeux brillants, elle buvait ses paroles.

— Tout cela est-il vrai, monsieur Poirot?

— En tout point, mademoiselle.

— Ainsi, ma sœur aurait été assassinée par un fou!

— Précisément.

Elle poussa un long soupir.

— Oh! Betty... Betty... c'est affreux... affreux!

— Vous comprenez, mademoiselle, que vous pouvez me parler en toute franchise sans redouter de nuire à qui que ce soit.

— Oui, je le vois à présent.

— Reprenons donc notre conversation. J'imagine que Donald Fraser possède un tempérament jaloux et violent. Suis-je dans le vrai?

Megan Barnard repartit, d'un ton calme :

— Monsieur Poirot, j'ai confiance en vous maintenant et je vais vous avouer l'absolue vérité. Donald est un jeune homme très calme... voire un peu renfermé... Il ne sait pas toujours exprimer ce qu'il ressent, mais il est doué d'une profonde sensibilité et a tendance à prendre tout au sérieux. Il s'est toujours montré jaloux de Betty. Il adorait ma sœur... et Betty l'aimait à sa façon. Mais il n'entrait pas dans la nature de Betty d'aimer quelqu'un et de ne plus regarder les autres hommes. Elle était toujours prête à sortir avec n'importe qui, et, à la Chatte-Rousse, les occasions ne lui manquaient pas... surtout aux vacances d'été. Elle a toujours eu le don de la repartie et, si on la taquinait, elle savait riposter : d'ordinaire, cela se terminait par une promenade sur la grève ou une soirée au cinéma. Rien de sérieux ne s'ensuivait; elle voulait s'amuser, voilà tout. Puisqu'elle devait un jour se marier avec Donald, disait-elle volontiers, autant valait profiter de sa liberté pendant qu'elle pouvait encore le faire.

Megan fit une pause.

— Je comprends, dit Poirot. Continuez.

— C'est précisément cette attitude de Betty que Donald ne pouvait admettre. Si elle l'aimait réellement, il ne concevait pas qu'elle voulût sortir avec d'autres. Et, à une ou deux reprises, ils se brouillèrent à cet égard.

— Et, cette fois, M. Donald sortit de son naturel calme?

— Oui, à l'instar des gens renfermés, lorsqu'il se mettait en colère, il perdait toute mesure et ne songeait qu'à la vengeance. A ces moments-là, Donald se montrait si violent que Betty en était effrayée.

— Quand ces scènes eurent-elles lieu?

— Voilà un an, une querelle éclata entre eux et, plus récemment, une deuxième, il y a environ un mois. Je passai la fin de semaine à la maison et je fis mon possible pour les réconcilier. J'ai essayé ensuite de raisonner Betty que j'ai traitée de « petite sotte ». Elle me répondit qu'elle n'avait commis aucun mal. Ce qui était vrai, mais, selon moi, elle courait à sa perte. Depuis leur chicane de l'année précédente, Betty avait pris l'habitude de raconter des mensonges à son fiancé, en prétextant que le cœur ne souffre pas de ce que l'esprit ignore. Peu après, elle annonça à Donald qu'elle allait voir une amie à Hastings; or, il découvrit par la suite qu'en réalité elle s'était rendue à Eastbourne en compagnie d'un homme... d'un homme marié... Cet individu nia les faits, ce qui gâta les choses. Une scène terrible eut lieu entre eux. Betty prétendit qu'avant leur mariage elle avait le droit de sortir avec qui lui plaisait. Donald pâlit soudain et, tout tremblant, la menaça qu'un jour... un jour...?

— Eh bien?

— Il la tuerait..., ajouta Megan d'une voix sourde.

Elle se tut et regarda Poirot.

Il hocha la tête à plusieurs reprises.

— Et naturellement, vous craigniez...

— Je n'ai jamais cru qu'il mettrait sa menace à exécution, pas un instant je ne l'ai soupçonné! Je redoutais surtout que les autres personnes au courant de leurs querelles en répandissent le bruit.

De nouveau, Poirot secoua la tête avec gravité.

— Vous aviez raison, mademoiselle. On peut affirmer que, sans la sotte présomption d'un assassin, c'est bien ce qui serait arrivé. Si Donald Fraser échappe aux accusations, il le devra à la vantardise de celui qui signe A. B. C.

Il demeura un instant silencieux et poursuivit :

— Savez-vous si, dernièrement, votre sœur a rencontré cet homme marié ou quelque autre connaissance masculine?

Megan secoua la tête.

— Je n'en sais rien. Je n'étais pas ici.

— Mais... qu'en pensez-vous?

— Peut-être n'est-elle pas sortie avec cet

homme marié. Il a probablement cessé de la voir par crainte du scandale, mais je ne serais pas surprise si Betty avait raconté des mensonges à Donald. Elle aimait tant la danse, le cinéma, et Donald ne pouvait lui offrir très souvent ces distractions.

— Elle aurait sans doute fait des confidences à une amie. Une des serveuses du café, par exemple?

— Je ne crois pas. Betty ne pouvait souffrir la petite Higley. Elle la trouvait commune. Les autres jeunes femmes étaient nouvelles dans le café et Betty répugnait à raconter ses affaires.

Une sonnette électrique retentit au-dessus de la tête de Megan. Elle courut à la fenêtre et se pencha au-dehors. Vivement, elle rentra la tête.

— Voici Donald.

— Faites-le entrer ici, dit vivement Poirot. Je voudrais bien lui faire dire un mot avant que notre excellent inspecteur se charge de lui.

En un éclair, Megan sortit de la cuisine et, deux secondes plus tard, elle rentrait en conduisant par la main Donald Fraser.

CHAPITRE XII

DONALD FRASER

A la vue du jeune homme, je ressentis aussitôt pour lui une vive sympathie. Son visage hagard et ses yeux égarés témoignaient de la grande peine qu'il éprouvait.

Ce grand garçon solidement bâti, aux cheveux rouge flamme, avait la figure marquée de taches de rousseur. Il n'était point beau, mais avait une physionomie très agréable.

— Que se passe-t-il, Megan? Pour l'amour de Dieu, parlez! Je viens d'apprendre que... Betty...

Sa voix se brisa.

Poirot avança une chaise et le jeune homme s'assit.

Ensuite mon ami tira de sa poche une fiole, versa quelques gouttes du contenu dans une tasse posée sur le buffet et dit :

— Avalez ceci, monsieur Fraser. Cela vous fera du bien.

Le jeune homme obéit. Le brandy ramena un peu de couleur à ses joues. Il se redressa et se tourna vers Megan. D'une voix calme à présent, il prononça :

— Est-ce bien vrai, Betty est... morte... assassinée?

— Oui, Donald, c'est bien vrai.
Il continua, d'une voix dénuée d'expression :
— Et vous arrivez de Londres à l'instant?
— Oui. Papa m'a téléphoné.
— Vous avez pris le train de neuf heures trente?
Pour éloigner de son esprit l'affreuse réalité. il s'attardait à ces détails sans importance.
— Oui, répondit Megan.
Après un moment de silence, Donald demanda :
— La police? Arrive-t-elle à quelque résultat?
— Ces messieurs sont en haut pour l'instant et perquisitionnent dans les affaires de Betty.
— Ils ne conçoivent aucun soupçon? Ils ne savent pas qui?
Il s'interrompit.
Comme tous les timides, il répugnait à traduire par des mots les faits tragiques.
Poirot s'avança et lui posa une question d'une voix indifférente, comme s'il demandait un détail insignifiant :
— Miss Barnard vous a-t-elle dit où elle allait hier soir?
Fraser répondit :
— Elle m'a dit qu'elle se rendait avec une amie à Saint-Léonard.
— L'avez-vous crue?
— Je...
Brusquement l'automate revint à la vie.
— Que diable insinuez-vous par là?
Son visage menaçant, convulsé par une fureur soudaine, m'aida à comprendre qu'une jeune fille pouvait hésiter à susciter sa colère.
Poirot annonça d'une voix tranchante :
— Betty Barnard a été tuée par un fou. En disant l'absolue vérité, vous pouvez nous aider à retrouver sa trace.
Donald Fraser consulta Megan du regard.
— C'est exact, Donald. Pour le moment, il ne

s'agit pas de considérer nos propres sentiments, ni ceux des autres mais de parler sans détours.

Donald Fraser jeta un regard méfiant vers Poisot :

— Qui êtes-vous? Un policier?

— Mieux que cela, déclara Poirot, sans se rendre compte de son arrogance.

Il constatait tout simplement.

— Vous pouvez parler sans crainte, dit Megan à Fraser.

Celui-ci enfin capitula :

— Je... n'étais pas très sûr. Lorsque Betty me parla, je la crus... sans la moindre méfiance. Ce n'est qu'après... peut-être quelque chose dans son attitude m'intrigua... et je conçus des soupçons.

— Et alors? dit Poirot.

Il s'était assis en face de Fraser. Son regard fixé sur le jeune homme semblait vouloir l'hypnotiser.

— Je fus honteux de mettre sa parole en doute... mais c'était plus fort que moi. Je projetai de me rendre à la plage et de la guetter à sa sortie du café. J'y allai même, mais je renonçai à mon idée. Betty me verrait et se mettrait en colère. Elle comprendrait aussitôt que je la surveillais.

— Qu'avez-vous fait?

— Je partis pour Saint-Léonard et j'y arrivai vers huit heures. Là, je me postai à l'arrêt des autobus pour voir si elle s'y trouvait... mais je ne la vis point.

— Et alors?

— Alors... je perdis la tête. Je fus convaincu qu'elle était en compagnie d'un homme... qui, probablement, l'emmenait dans sa voiture à Hastings. Je courus à Hastings, m'informai dans les hôtels et restaurants, rôdai autour du cinéma et de la plage. En un mot, j'étais fou : eût-elle été dans la ville, comment la découvrir parmi tant de monde? En outre, il existe tant d'autres endroits qu'il aurait pu choisir au lieu de Hastings!

Il fit une pause, conservant tout son sang-froid, mais derrière ce calme apparent je devinai un abîme de souffrance et d'angoisse.

— De guerre lasse, conclut-il, je revins chez moi.

— A quelle heure?

— Je ne sais pas. J'avais beaucoup marché. Il devait être minuit ou plus tard.

— Ensuite...

La porte de la cuisine s'ouvrit.

— Ah! vous voilà! fit l'inspecteur Kelsey.

L'inspecteur Crome entra avant lui et jeta un coup d'œil à Poirot et aux deux inconnus.

— Miss Megan Barnard et M. Donald Fraser! annonça M. Poirot, se chargeant des présentations; M. l'inspecteur Crome, de Londres.

Puis, se tournant vers l'inspecteur, il lui expliqua :

— Pendant que vous poursuiviez vos perquisitions là-haut, j'ai interrogé Miss Barnard et M. Fraser, en vue de découvrir ce qui pourrait éclairer la situation.

— Oh! très bien! dit Crome, sa pensée se concentrant sur les deux nouveaux venus.

Poirot se dirigea vers le vestibule et l'inspecteur Kelsey lui demanda, d'un ton aimable :

— Avez-vous appris du nouveau?

Mais son attention fut distraite par son collègue et il ne put attendre la réponse de mon ami.

Je rejoignis Poirot dans le vestibule.

— Avez-vous découvert quelque chose, Poirot?

— Seulement l'étonnante générosité de l'assassin, Hastings.

Je n'eus pas le courage d'avouer que je n'avais pas la moindre idée de ce qu'il insinuait par là.

CHAPITRE XIII

UNE CONFÉRENCE

La majeure partie des souvenirs que je conserve de cette série de meurtres d'A. B. C. se résume en conférences : conférences à Scotland Yard ou dans l'appartement de Poirot, conférences officielles ou conférences privées.

Cette conférence particulière devait décider si, oui ou non, les faits relatifs aux lettres anonymes seraient divulgués dans la presse.

Le crime de Bexhill avait éveillé beaucoup plus de curiosité que celui d'Andover.

Il offrait, disons-le, bien plus d'éléments alléchants pour le public. Tout d'abord la victime était une jeune et jolie fille; ensuite, le meurtre avait été commis dans une station balnéaire à la mode.

Tous les détails parurent chaque matin dans les journaux avec de légères variantes. La présence de l'horaire A. B. C. ne manqua point d'attirer l'attention : la plupart des gens en déduisaient qu'il avait été acheté dans le pays par le meurtrier et constituait ainsi un atout pour son identification. D'autres opinaient que le coupable s'était rendu à Bexhill par le train et était reparti pour Londres.

Dans les maigres articles consacrés au meurtre d'Andover, il n'avait nullement été question du guide de chemins de fer; aussi, jusqu'à présent, le public ne songeait point à établir une corrélation entre les deux crimes.

— Le moment est venu de prendre une décision à ce sujet, observa le sous-chef de police. L'essentiel est de savoir quelle méthode donnera les meilleurs résultats. Exposerons-nous les faits devant le public... nous assurant ainsi sa collaboration... c'est-à-dire la collaboration de plusieurs millions de citoyens à la recherche d'un fou?

— Le criminel n'a pas les apparences d'un insensé, s'exclama le docteur Thompson.

— Ou de l'acheteur des guides A. B. C... etc. D'autre part, je crois qu'il y a avantage à opérer dans l'ombre... sans laisser soupçonner nos intentions à notre homme, mais le fait est là : il sait très bien ce que nous savons. Lui-même a attiré, par ses lettres, notre attention sur sa personne. Eh bien, Crome, quelle est votre opinion?

— Voici : si vous rendez l'enquête publique, vous jouez le jeu d'A. B. C. Ce qu'il cherche, c'est la publicité; il veut que tout le monde parle de lui, n'est-ce pas, docteur?

Le docteur Thompson approuva de la tête.

Le sous-chef de police prononça, d'un air pensif :

— Oui, je vois, vous voulez le frustrer. Vous lui refusez la popularité après laquelle il soupire. Et vous, monsieur Poirot?

Poirot ne répondit pas tout de suite. Quand il se décida à parler, il choisit lentement ses expressions.

— Sir Lionel, il m'est très délicat de vous donner mon avis, étant, pour ainsi dire, moi-même une des parties intéressées, le défi m'ayant été lancé. Si je disais : « N'en parlez pas, laissez le

« public ignorer ces lettres », vous pourriez croire que ma vanité me dicte ces paroles... que je crains pour ma réputation. Tandis qu'en fournissant à la presse tous les détails de l'affaire, nous suivons une méthode plus sûre. En tout cas, nous donnons un avertissement... Du reste, comme l'inspecteur Crome, je soupçonne que nous répondons exactement au désir du criminel.

— Hum! fit le sous-chef de police en se frottant le menton. Et si nous ne donnions pas à ce dément la publicité qu'il souhaite... Que ferait-il, à votre avis, docteur Thompson?

— Il commettrait un autre crime, répondit aussitôt le docteur. Il vous forcerait la main.

— Et si nous annoncions l'affaire en grosses manchettes dans les journaux. Quelle serait sa réaction?

— La même. D'une façon, nous exalterions sa mégalomanie; de l'autre, nous le bafouerions. Le résultat demeurerait identique : un nouveau crime.

— Qu'en pensez-vous, monsieur Poirot?

— Je partage l'avis du docteur Thompson.

— Et combien d'assassinats ce toqué compte-t-il commettre?

Le docteur Thompson regarda Poirot et déclara en souriant :

— Il semble vouloir aller depuis A jusqu'à Z. Bien entendu, poursuivit-il, il n'arrivera pas jusque-là... et n'approchera même pas de ce nombre. Vous l'aurez capturé depuis longtemps. J'aimerais cependant à savoir comment il s'y prendrait pour la lettre X.

Le docteur Thompson s'amusait à ces spéculations d'ordre purement théorique, mais il se ressaisit et ajouta :

— Pour moi, vous l'arrêterez bien avant... sans doute vers le G ou le H.

Le sous-chef de police donna un coup de poing sur la table :

— Allez-vous me faire croire que nous aurons encore cinq autres assassinats?

— Il ne poussera pas jusque-là, certifia l'inspecteur Crome. Croyez-m'en, chef.

Il parlait avec confiance.

— A quelle lettre de l'alphabet mettra-t-il selon vous, un terme à ses méfaits, inspecteur? demanda Poirot d'un ton légèrement ironique.

Crome lança vers mon ami un regard antipathique et sa voix perdit un peu de son assurance habituelle.

— Peut-être à la prochaine lettre, monsieur Poirot. Quoi qu'il en soit, je réponds qu'il ne dépassera pas la lettre F.

Il se tourna vers son chef.

— Je comprends, ce me semble, suffisamment le côté psychologique de l'affaire. Le docteur Thompson voudra bien me reprendre si je me trompe. A chaque nouveau crime, la confiance d'A. B. C. doit s'accroître d'environ cent pour cent. Il se dit : « J'agis avec tant de ruse que jamais ils ne me prendront! » Sa confiance en lui-même augmente, soit, mais sa prudence diminue. Il exagère son habileté personnelle et aussi la stupidité d'autrui. Bientôt il ne se gênera plus et négligera même toute précaution. C'est exact, n'est-ce pas, docteur?

Thompson approuva d'un signe de tête.

— C'est ce qui se produit d'ordinaire. On ne pourrait mieux s'exprimer en langage usuel. Vous devez certainement être au courant de ces phénomènes, monsieur Poirot? Quel est votre avis?

Crome dut voir d'un mauvais œil cet appel du docteur Thompson à l'expérience de mon ami belge : il se considérait seul compétent en la matière.

— Cela se passe comme nous l'a expliqué l'inspecteur Crome, répondit Poirot.

— Il s'agit là de ce que nous appelons un cas de paranoïa, murmura le médecin.

Poirot se tourna vers Crome.

— Possédez-vous quelques faits intéressants sur le crime de Bexhill?

— Rien de précis pour l'instant. Ce garçon de l'hôtel Splendide, à Eastbourne, a reconnu la défunte d'après le portrait publié dans les journaux. Le 24 au soir, elle aurait dîné au Splendide avec un homme d'âge moyen et portant lunettes. On l'a également reconnue dans une auberge entre Bexhill et Londres, où elle serait allée le 24 à neuf heures du soir, en compagnie d'un individu aux allures d'officier de marine. Les deux témoignages ne sauraient être exacts, mais l'un ou l'autre sont plausibles. Nous avons reçu quantité de lettres de personnes déclarant avoir vu la victime, mais la plupart ne présentent aucun caractère sérieux. Enfin, nous n'avons pas trouvé la trace d'A. B. C.

— Vous avez agi pour le mieux, Crome, et je vous en félicite, lui dit le sous-chef de police. Qu'en pensez-vous, monsieur Poirot? Voyez-vous quelque nouvelle suggestion à nous soumettre?

Poirot prononça avec lenteur :

— Il reste, selon moi, un point important à découvrir : le mobile de l'assassin.

— Il souffre visiblement d'un « complexe alphabétique ». Est-ce ainsi qu'il convient d'appeler cette manie, docteur?

— Notre détraqué est sûrement atteint, comme vous dites, d'un « complexe alphabétique », dit Poirot. Mais pourquoi s'attache-t-il ainsi à suivre l'alphabet? Un fou ne commet pas un crime sans obéir à un mobile bien défini.

— Voyons, monsieur Poirot, souvenez-vous de Stoneman en 1929, dit Crome. Il tentait de supprimer tous ceux qui lui suscitaient le moindre ennui.

Poirot se tourna vers lui.

— On ne pourrait choisir meilleur exemple. Si vous vous imaginez être un personnage important, vous cherchez par tous les moyens à éviter les contrariétés. Si une mouche se pose sur votre front et ne cesse de vous agacer par son bourdonnement, que faites-vous? Vous essayez de la tuer, et vous n'en éprouvez aucun remords : vous êtes important... la mouche ne compte pas à vos yeux. L'insecte tué, aussitôt votre tourment cesse. Cet acte vous paraît raisonnable et juste. Le souci de l'hygiène vous fournit un nouveau motif de détruire la mouche, cette bestiole constituant une source de dangers pour la communauté... elle doit donc disparaître. Voilà comment travaille le cerveau du fou assassin. Dans le cas qui nous occupe, les victimes sont repérées suivant un ordre alphabétique. On ne saurait admettre qu'elles importunent l'assassin et que, pour cette raison, il les supprime. Il serait trop compliqué d'associer les deux mobiles.

— En effet, remarqua le docteur Thompson. Je me souviens d'un certain condamné à mort. Peu après l'exécution, sa veuve entreprit d'empoisonner les jurés l'un après l'autre. Il fallut longtemps avant qu'on découvrît le vrai mobile de ces différents meurtres, que l'on attribuait au hasard. Mais, comme dit M. Poirot, jamais un assassin ne tue sans discernement. Il se débarrasse des gens qui le gênent (si peu que ce soit); ou il tue par conviction. Certains assouvissent leur vengeance sur les membres du clergé, de la police, ou sur les prostituées parce qu'ils croient devoir supprimer ces êtres pour eux néfastes à la société. Cette hypothèse ne s'applique point à notre cas : Mme Ascher et Betty Barnard n'appartiennent pas à la même classe. Il se peut que ce soit une jalousie sexuelle : les deux victimes sont des femmes. Nous ne pouvons encore rien dire; après le prochain crime...

— Je vous en prie, Thompson, ne parlez pas aussi légèrement du prochain crime! s'exclama Sir Lionel d'une voix irritée. Nous allons mettre tout en œuvre pour prévenir ce troisième méfait.

Le docteur Thompson se le tint pour dit, et se moucha bruyamment.

Et ce bruit semblait exprimer : « Qu'à cela ne tienne! Si vous préférez ne pas regarder les faits en face... »

Sir Lionel s'adressa ensuite à Poirot.

— Je devine où vous voulez en venir, mais je ne saisis pas encore nettement votre façon de voir.

— Je me demande, dit Poirot, ce qui se passe dans le cerveau de notre meurtrier. D'après sa lettre, il tue par sport, histoire de s'amuser. Est-ce bien exact? Et même si tel est le cas, hormis l'ordre alphabétique, d'après quel principe choisit-il ses victimes? S'il tue par simple divertissement, pourquoi nous prévient-il puisque, autrement, il pourrait opérer sans crainte du châtiment? Non, il cherche à étonner le public, à affirmer sa personnalité. Là-dessus, nous sommes tous d'accord. De quelle façon sa personnalité a-t-elle été opprimée pour qu'il ait choisi ces deux victimes? Une dernière suggestion : Agit-il par haine personnelle contre moi, Hercule Poirot? Me défie-t-il publiquement parce qu'à une certaine époque, au cours de ma carrière, et à mon insu, j'ai triomphé de lui? Ou son animosité est-elle impersonnelle, et ne vise-t-elle en moi que l'étranger? Si oui, quelle en est la cause initiale? Quel tort a-t-il subi de la main d'un étranger?

— Toutes ces questions donnent à réfléchir, déclara le docteur Thompson.

L'inspecteur Crome s'éclaircit la gorge.

— Oui, certes. Mais, pour le moment, il est bien difficile d'y répondre.

— Néanmoins, mon ami, lui dit Poirot en le regardant bien en face, c'est dans ces questions que gît la solution. Si nous connaissions le motif... fantasque sans doute à nos yeux... mais logique à son point de vue... qui pousse notre détraqué au meurtre, nous saurions peut-être l'identité de sa prochaine victime.

Crome hocha la tête.

— Il les choisit au hasard... Voilà mon impression.

— L'assassin magnanime, dit Poirot.

— Quoi?

— Je dis : l'assassin magnanime. Frantz Ascher aurait pu être arrêté pour l'assassinat de sa femme. Donald Fraser pour le meurtre de Betty Barnard... sans les lettres à moi adressées et signées A. B. C. Cet ange de bonté a-t-il donc le cœur si tendre qu'il ne puisse souffrir que les autres paient pour lui?

— J'ai vu plus fort que ça! prononça le docteur Thompson. J'ai vu des hommes qui, après avoir tué une demi-douzaine de gens, étaient prêts à défaillir devant les souffrances d'une de leurs victimes qui n'était pas morte sur le coup. Je ne pense pas que notre assassin soit animé des mêmes scrupules. Il veut tirer honneur et gloire des crimes qu'il commet. Voilà l'explication la plus plausible.

— Jusqu'ici, nous n'avons rien décidé quant à la publication dans la presse des lettres d'A. B. C., remarqua Sir Lionel.

— Si je puis, messieurs, me permettre un conseil, dit Crome, je proposerais d'attendre la réception de la prochaine lettre pour agir. Nous donnerons à cet A. B. C. toute la publicité voulue... au besoin même par des éditions spéciales, ce qui déterminera une certaine panique dans la ville mentionnée. Tous ceux dont les noms commenceront par C se tiendront sur leurs gardes et notre A. B. C., piqué au vif, ne pourra reculer. Alors, nous le prendrons au collet.

Hélas! Nous étions loin de soupçonner ce que nous réservait l'avenir!

CHAPITRE XIV

LA TROISIÈME LETTRE

Je me rappelle nettement l'arrivée de la troisième lettre d'A. B. C.

Les précautions nécessaires avaient été prises pour éviter tout retard inutile dès qu'A. B. C. se remettrait en campagne. Un jeune sergent de Scotland Yard avait été affecté à la maison; en cas d'alerte, et durant notre absence, il avait pour mission de téléphoner à Scotland Yard sans perdre une minute.

Les jours s'écoulaient et notre impatience ne faisait que croître. L'inspecteur Crome, aux manières distantes se montrait encore plus dédaigneux à mesure que, l'un après l'autre, ses espoirs s'évanouissaient. Les vagues signalements d'individus aperçus en compagnie de Betty Barnard ne donnèrent aucun résultat, les conducteurs des automobiles remarquées aux environs de Bexhill et Cooden justifièrent leur présence en ces endroits, ou ne furent point retrouvés; les recherches concernant l'acheteur des guides A. B. C. causèrent d'innombrables ennuis à des innocents.

Quant à nous-mêmes, chaque fois que résonnait

à notre porte le coup de marteau familier du facteur, l'appréhension accélérait les battements de nos cœurs. Voilà, du moins, ce que j'éprouvais, et Poirot devait sûrement ressentir la même impression.

Cette affaire le tourmentait au plus haut point, et il refusait de quitter Londres, préférant se trouver sur place en cas de besoin. Durant ces jours d'inquiétude, ses moustaches s'affaissèrent... négligées pour une fois par leur propriétaire.

La lettre d'A. B. C. nous parvint un vendredi soir au courrier de dix heures.

Dès que j'entendis le pas alerte et le petit coup frappé à la porte par le facteur, je me levai et courus à la boîte à lettres. J'en tirai cinq ou six. La dernière enveloppe portait la suscription en caractères typographiques.

— Poirot! m'écriai-je.

Je ne pus en dire davantage.

— Vous l'avez? Ouvrez-la vite, Hastings. Nous n'avons pas une seconde à perdre.

Je déchirai le bord de l'enveloppe et j'en tirai une feuille écrite en lettres d'imprimerie (pour une fois, Poirot ne me reprocha point mon manque de soin).

— Lisez! me dit-il.

Je lus à voix haute :

« Pauvre monsieur Poirot!

« Convenez que vous n'êtes plus à la hauteur.
« Il est vrai que vous prenez de l'âge. Voyons
« si vous vous distinguerez cette fois-ci. Le pro-
« blème est des plus simples : Churston, le
« 30 courant. Allons, un petit effort! Le jeu
« n'offre pour moi qu'un piètre intérêt si je
« gagne à chaque coup!
« Bonne chasse! A vous pour toujours,

« A. B. C. »

— Churston, dis-je en me jetant sur notre exemplaire du guide A. B. C. Où se trouve cette ville?

La voix de Poirot m'interrompit :

— Hastings! Quand cette lettre a-t-elle été écrite? Porte-t-elle une date?

— Oui, le 27 courant, annonçai-je.

— Ai-je compris, Hastings? La date du meurtre est-elle bien pour le 30?

— Parfaitement. Attendez... C'est...

— Sapristi! Hastings!... Aujourd'hui nous sommes le 30.

D'un geste éloquent, il me montrait le calendrier accroché au mur. Je pris le journal pour contrôler la date.

— C'est exact..., murmurai-je.

Poirot ramassa l'enveloppe déchirée que j'avais jetée à terre. La suscription bizarre avait vaguement frappé mon cerveau, mais, pressé de prendre connaissance du contenu. je n'y avais attaché qu'une attention passagère.

Poirot habitait à Whitehaven Mansions. L'enveloppe portait comme adresse : *Monsieur Hercule Poirot, Whitehorse Mansions.* Sur un coin, on avait griffonné : *Inconnu à Whitehorse Mansions,* E. C. I. *Inconnu à Whitehorse Court. Voir Whitehaven Mansions.*

— Mon Dieu! balbutia Poirot. Serait-il possible que le hasard favorisât ce déséquilibré? Vite! Vite! téléphonons à Scotland Yard.

Deux minutes plus tard, nous causions avec Crome à l'autre bout du fil. Pour une fois, cet homme pondéré ne se contenta pas de répondre : « Ah! Bah! » mais un juron étouffé lui échappa des lèvres. Ayant noté tout ce que nous avions à lui dire, il raccrocha le récepteur et se mit en communication au plus vite avec la ville de Churston.

— Trop tard! gémit Poirot.

— Peut-être pas, lui dis-je, mais sans conserver grand espoir.

Il consulta la pendule.

— Dix heures vingt? Encore une heure quarante minutes. Croyez-vous qu'A. B. C. ait différé si longtemps l'exécution de son crime?

J'ouvris l'horaire A. B. C. que j'avais déjà pris sur un rayon, et lus les renseignements suivants :

« Churston, dans le Devon, 326 kilomètres de Londres. Population, 656 habitants. »

— Ce n'est qu'un village, notre homme ne pourra y passer inaperçu.

— Qu'importe! un nouveau crime aura eu lieu! murmura Poirot. Quels sont les trains? J'imagine que nous arriverons plus vite par chemin de fer que par route.

— Il y a un train à minuit... wagons-lits jusqu'à Newton-Abbot, où il arrive à six heures du matin et à Churston à sept heures quinze.

— Départ de la gare de Paddington?

— Oui.

— Vous avez peut-être raison.

Je fourrai quelques effets dans une valise tandis que Poirot rappelait Scotland Yard au téléphone. Quelques instants plus tard, il revint dans la chambre à coucher.

— Mais qu'est-ce que vous faites là? me demanda-t-il.

— Pour gagner du temps, je prépare votre valise.

— Hastings, vous êtes trop impressionnable. La moindre émotion affecte vos mains et votre cerveau. Est-ce là une manière de plier un veston? Regardez dans quel état vous avez mis mon pyjama!

— Sacredieu! Poirot, il s'agit d'une question de vie ou de mort. Et vous venez vous lamenter sur le sort de vos habits!

— Mon cher Hastings, vous manquez du sens

de la mesure. Nous ne pouvons prendre ce train plus tôt qu'il ne part, et le fait de détériorer ces vêtements n'empêchera en rien le crime.

S'emparant d'un geste énergique de sa valise, il se mit en devoir d'y remettre tout en ordre.

Il m'expliqua que nous devions emporter la lettre et l'enveloppe pour les confier à un envoyé de Scotland Yard qui nous attendait à la gare de Paddington.

En arrivant sur le quai, l'inspecteur Crome fut la première personne que nous aperçûmes.

Il répondit au regard interrogateur de Poirot :

— Jusqu'ici, pas de nouvelles. Nos hommes sont sur le qui-vive. Tous les gens dont le nom commence par « C » sont avisés par téléphone dans la mesure du possible. Il nous reste encore une chance. Où est la lettre?

Poirot la lui remit.

Il l'examina, tout en murmurant entre ses dents :

— Il a une veine de tous les diables! Le hasard travaille pour lui.

— Vous ne pensez pas, suggérai-je, que l'erreur est voulue?

Crome secoua la tête.

— Non. Cet homme a des principes... assez stupides, je vous l'accorde... mais il s'y conforme strictement. Il se fait un point d'honneur d'avertir les gens à temps et en tire vanité. Je gage que cet homme est amateur du whisky de la marque *White Horse*.

— Ça, c'est ingénieux! déclara Poirot avec une admiration forcée. Tandis qu'il s'applique à rédiger sa lettre, il a devant lui la bouteille de whisky.

— Voilà d'où vient la méprise, dit Crome. Il nous arrive à tous de copier inconsciemment ce que nous avons sous les yeux. Notre fou a commencé par écrire *White*, puis il a continué par *horse* au lieu de *haven*.

L'inspecteur nous annonça qu'il voyageait par le même train que nous.

— Même si, pour une raison imprévue, il ne se passe rien, rendons-nous quand même à Churston. Le meurtrier s'y trouve actuellement, ou y a été aujourd'hui. Un de mes hommes se tient au téléphone jusqu'à la dernière minute pour attendre les nouvelles.

Au moment où le train quittait la gare, nous vîmes un individu courir le long du quai. Arrivé devant la fenêtre de l'inspecteur, il cria quelques mots.

Poirot et moi nous nous précipitâmes dans le couloir et frappâmes à la porte de l'inspecteur :

— Avez-vous des nouvelles? demanda Poirot.

Crome répondit d'un ton calme :

— Elles sont aussi mauvaises qu'on pouvait le craindre. Sir Carmichael Clarke a été assassiné.

Bien que son nom fût peu connu du grand public, Sir Carmichael Clarke était un personnage de quelque importance. Spécialiste réputé des affections de la gorge, il n'exerçait plus et jouissait d'une large aisance qui lui permettait de se livrer à la passion de toute sa vie : la collection de poteries et porcelaines chinoises. Quelques années plus tard, ayant hérité une fortune considérable d'un vieil oncle, il avait acquis certaines des plus belles pièces d'art chinois. Marié sans enfants, il habitait une maison qu'il avait fait construire sur la côte du Devon, et ne se rendait à Londres qu'à l'occasion de ventes importantes.

Sa mort, suivant de près celle de la jeune et jolie Betty Barnard, devait créer une forte sensation dans la presse. En outre, on était au mois d'août et les journalistes en mal de copie trouvaient là une manne inespérée.

— Après tout, déclara Poirot, il est possible

que la publicité donne de meilleurs résultats que l'initiative privée. Désormais, tout le pays va ouvrir l'œil pour déceler l'assassin.

— Malheureusement, dis-je, c'est ce que lui-même cherche.

— Oui, mais cette publicité qu'il convoite causera peut-être sa propre perte. Grisé par le succès. il commettra des imprudences... du moins, j'aime à le croire.

Une idée me frappa l'esprit :

— Poirot, pour la première fois nous nous trouvons ensemble en présence d'un crime de cette nature. Jusqu'ici, tous nos meurtres offraient, s'il est permis de s'exprimer ainsi, un caractère d'ordre intime.

— En effet, mon ami. Nous avons toujours eu à examiner des crimes dont l'histoire de la victime présentait une importance capitale. Voici les problèmes qu'il fallait résoudre : « A qui « profite cette mort? Parmi les personnes qui « entourent la victime, qui a eu la possibilité de « commettre le meurtre? » Il s'agissait invariablement de crimes intimes. Aujourd'hui pour la première fois depuis notre association, nous affrontons un meurtre impersonnel, perpétré de sang-froid.

Je frissonnai.

— C'est horrible! acquiesça Poirot.

— A la lecture de la première lettre, j'ai senti qu'il y avait là-dessous quelque chose de bizarre.

— Il faut dominer cette impression... due à la nervosité... et considérer ce crime comme un meurtre ordinaire.

— C'est pire qu'un meurtre ordinaire.

— Voyons : est-ce plus mal de retirer la vie à un étranger ou à un de vos proches... à un être cher qui place peut-être toute sa confiance en vous?

— C'est pire, parce que la folie...

— Non, Hastings, il est seulement plus difficile de retrouver le coupable.

— Là, je ne partage pas votre avis... Je juge ce genre de crime beaucoup plus effrayant.

Hercule Poirot réfléchit une seconde :

— Il devrait être plus facile de découvrir le meurtrier, puisqu'il s'agit d'un détraqué. Si seulement on pouvait connaître l'idée initiale... le pourquoi de ce choix alphabétique... tout s'éclaircirait du coup.

Il soupira en hochant la tête.

— Il faut absolument mettre un terme à ces meurtres... et connaître la vérité sans tarder, le plus vite possible. Bonne nuit, Hastings. Dormez bien. Nous avons de la besogne pour demain.

CHAPITRE XV

Sir Carmichael Clarke

Churston, entre Brixham et Paignton, est situé au fond de la baie de Torquay. Il y a seulement une dizaine d'années, on n'y voyait que des terrains de golf, au milieu d'une riante campagne descendant jusqu'à la mer, avec une ou deux fermes pour toutes habitations.

Ces dernières années, entre Churston et Paignton, on a construit le long de la côte des routes neuves bordées de bungalows et de petites villas.

Sir Carmichael s'était rendu acquéreur d'un terrain de deux acres d'où l'on jouissait d'une vue splendide sur l'océan. La maison qu'il avait fait bâtir était de style moderne : rectangle blanc fort agréable à l'œil. A part deux grandes galeries renfermant ses collections, la demeure n'était pas très spacieuse.

Nous y arrivâmes vers huit heures du matin. Un policier de la localité nous attendait à la gare et nous mit au courant de la situation.

Chaque soir, Sir Carmichael Clarke faisait, après dîner, une petite promenade dans la campagne. Lorsque le poste de police téléphona, quelques minutes après onze heures, on constata que le maître de la maison n'était pas rentré. Comme il suivait d'ordinaire le même chemin, on ne tarda pas à retrouver son corps. La mort provenait d'un coup frappé sur la nuque au moyen d'un objet très lourd. Sur le cadavre, un horaire A.B.C. ouvert était placé, la couverture au-dessus.

Ainsi que je l'ai déjà dit, nous arrivâmes vers huit heures à la villa de Sir Carmichael Clarke, dénommée « Combeside ». La porte nous fut ouverte par un vieux valet de chambre, dont les mains tremblantes et les traits bouleversés trahissaient l'émotion.

— Bonjour, Deveril, dit le policier local.

— Bonjour, monsieur Wells.

— Ces messieurs viennent de Londres, Deveril, annonça son compagnon.

— Veuillez me suivre, messieurs.

Le domestique nous fit entrer dans une longue salle à manger où le petit déjeuner était servi, et ajouta :

— Je vais appeler M. Franklin.

Une minute ou deux plus tard, un grand gaillard blond, au visage bronzé par le soleil, pénétra dans la pièce.

C'était Franklin Clarke, l'unique frère de la victime.

Il avait l'air calme et décidé d'un homme habitué à affronter les situations difficiles.

— Bonjour, messieurs.

L'inspecteur Wells fit les présentations :

— Je vous présente M. l'inspecteur Crome, de Scotland Yard, M. Hercule Poirot et... euh... le capitaine Hayter.

— Hastings, rectifiai-je avec une certaine froideur.

Franklin nous serra la main à tour de rôle, tout en nous dévisageant l'un après l'autre d'un regard scrutateur.

— Voulez-vous accepter à déjeuner? Nous discuterons de la situation tout en nous restaurant.

Personne ne s'y opposa et bientôt nous nous régalions d'excellents œufs au jambon arrosés de café.

Franklin Clarke aborda le sujet qui nous préoccupait :

— L'inspecteur Wells m'a raconté hier soir, de façon assez brève, l'histoire la plus abracadabrante que j'aie jamais entendue. Inspecteur Crome, dois-je réellement croire que mon pauvre frère est la victime d'un fou qui a déjà commis trois meurtres en laissant chaque fois un horaire de chemins de fer A. B. C. à côté de la victime?

— Tels sont en substance les faits, monsieur Clarke.

— Mais pourquoi ces crimes? Quel profit peut en tirer un assassin à l'imagination même des plus désaxées?

Poirot approuva d'un signe de tête.

— Au moins, vous allez droit au but, monsieur Franklin, dit-il.

— Pour l'instant, n'essayons pas de découvrir le motif qui a dirigé la main de ce fou. Nous laisserons ce problème aux aliénistes... encore que, personnellement, j'aie quelque expérience sur la criminalité des aliénés. Leurs mobiles sont des plus bizarres. Chez certains existe un désir d'affirmer leur personnalité, d'épater le public... en un mot se distinguer du commun.

— Est-ce possible, monsieur Poirot? demanda Clarke, l'air incrédule.

Cette question à son aîné ne sembla guère du goût de l'inspecteur Crome, qui plissa le front.

— Absolument, répondit mon ami belge.

— En tout cas, l'assassin ne saurait longtemps braver la police, dit Clarke d'un ton méditatif.

— Vous croyez? Ces gens-là sont extraordinairement rusés. D'ordinaire, ils ne présentent aucun signe extérieur qui les distingue de la foule et appartiennent à cette catégorie d'individus auxquels nul n'attache d'importance et même dont on se moque!

— Voudriez-vous, je vous prie, me citer quelques faits, monsieur Clarke? interrompit Crome.

— Volontiers.

— Votre frère se trouvait hier, paraît-il, en excellente santé et dans une disposition d'esprit normale. Il n'a reçu aucune lettre ennuyeuse? Rien n'est venu le tourmenter?

— Non. Il était comme d'habitude.

— Sans souci et sans tracas d'aucune sorte?

— Permettez, inspecteur. Je n'ai pas dit cela. A l'état normal, mon malheureux frère ne cessait d'être soucieux et inquiet.

— Pourquoi cela?

— Vous ignorez sans doute que ma belle-sœur, Lady Clarke, est très malade. Entre nous, elle souffre d'un mal incurable, un cancer, et ne saurait vivre très longtemps. La maladie de sa femme tourmentait continuellement mon frère. A mon retour d'Orient, elle m'a semblé bien changée.

Poirot plaça une question.

— Monsieur Clarke, supposons que votre frère ait été trouvé assassiné au pied d'une falaise... ou qu'on ait découvert un revolver auprès de lui. Quelle eût été votre première pensée?

— A vous dire vrai, j'aurais conclu au suicide, répondit Clarke.

— Encore! soupira Poirot.

— Que voulez-vous dire?

— Le même fait se répète. Détail sans importance. Continuons.

— En tout cas, il ne s'agit point de suicide, fit Crome d'un ton sec. Monsieur Clarke, votre frère avait, dit-on, coutume de sortir chaque soir?

— Oui, il faisait sa petite promenade.

— Tous les soirs?

— A moins qu'il ne plût à torrents.

— Tout le monde, dans la maison, était-il au courant de son habitude?

— Oui.

— Et les gens du dehors?

— Je ne sais au juste qui vous entendez par les gens du dehors. Le jardinier connaissait sans doute cette manie de mon frère. Demandez-le-lui.

— Et dans le village?

— A proprement parler, on ne pourrait appeler Churston-Ferrers un village. Il existe bien un bureau de poste avec quelques maisonnettes... mais pas de boutiques.

— Un inconnu rôdant autour de la propriété se ferait-il aisément remarquer?

— Nullement. Au moins d'août, toute la région est infestée d'étrangers au pays. Chaque jour il en arrive de Brixham, Torquay et Paignton en automobiles, en autobus et à pied. Broadsands, que vous apercevez d'ici, et Elbury Cove sont de superbes plages où les gens viennent fréquemment passer la journée en pique-nique, ce qui est d'ailleurs assez regrettable. Si vous connaissiez la beauté reposante de cette contrée en juin et au début de juillet!

— Ainsi vous croyez qu'un étranger passerait inaperçu dans la région?

— Oui... à moins qu'il ne présente des allures extravagantes.

— Cet homme n'est pas aussi fou qu'il le paraît, croyez-m'en, monsieur Clarke, appuya Crome avec certitude. Il a dû épier les alentours quelques jours à l'avance et observer l'heure à laquelle votre frère sortait chaque soir. A propos, est-ce que, dans la journée d'hier, un étranger s'est présenté à votre porte pour demander à voir Sir Carmichael?

— Pas que je sache... Je vais interroger Deveril.

Il sonna et posa la question au valet de chambre.

— Non, monsieur. Personne n'est venu demander Sir Carmichael. Je n'ai vu aucun étranger rôder autour de la maison, et les servantes non plus, car je les ai questionnées à cet égard.

Le domestique attendit un instant.

— Oui, Deveril, vous pouvez vous retirer.

Deveril sortit. Au moment de franchir la porte, il se rangea de côté pour laisser passer une jeune femme.

Franklin Clarke se leva à son entrée.

— Messieurs, je vous présente Miss Grey, la secrétaire de mon frère.

Mon attention fut immédiatement attirée par la blondeur scandinave de cette jeune personne. Elle avait la chevelure cendrée, presque incolore, des yeux gris clair et le teint de la pâleur transparente et lumineuse des femmes norvégiennes ou suédoises. Je lui donnai environ vingt-sept ans et la jugeai aussi intelligente que décorative.

— Puis-je vous être utile, messieurs? demanda-t-elle en s'asseyant à la table.

Clarke lui apporta une tasse de café, mais elle ne voulut rien prendre d'autre.

— Étiez-vous chargée de la correspondance de Sir Carmichael? demanda Crome.

— Tout son courrier me passait entre les mains.

— A-t-il reçu une ou plusieurs lettres signées A. B. C.?

Elle hocha la tête :

— A. B. C.? Non, il n'a reçu aucune lettre signée ainsi.

— N'a-t-il pas parlé devant vous d'une personne qu'il aurait rencontrée ces derniers temps au cours de ses promenades du soir?

— Non. Il n'a fait aucune allusion de ce genre.

— Et vous-même, n'avez-vous croisé aucun inconnu dans les environs?

— A cette époque de l'année, on voit toutes sortes d'individus se promener sans but précis sur les terrains de golf ou dans les sentiers conduisant à la plage. On pourrait dire que chacun d'eux est pour nous un inconnu.

Poirot hocha la tête d'un air pensif.

L'inspecteur Crome voulut suivre pas à pas le chemin parcouru chaque soir par Sir Carmichael. Franklin Clarke nous fit sortir par la porte-fenêtre et Miss Grey nous accompagna.

Elle et moi nous marchions un peu en arrière des autres.

— Quelle émotion vous avez dû ressentir hier soir! lui dis-je.

— Je ne pouvais croire à la réalité. J'étais déjà couchée lorsque la police a téléphoné. J'entendis en bas des bruits de voix et enfin je me levai et demandai ce qui arrivait. Deveril et M. Clarke se disposaient à sortir, munis de lanternes.

— A quelle heure Sir Carmichael rentrait-il habituellement de sa promenade?

— Vers dix heures moins le quart. Il pénétrait dans la maison par la porte de côté et montait à sa chambre à coucher, ou bien il s'attardait dans la galerie renfermant ses collections. Si la police n'avait pas téléphoné, nous ne nous serions probablement aperçus de son absence que ce matin, lorsque Deveril l'eût réveillé.

— Quel coup pour sa femme!

— Lady Clarke est presque constamment sous l'effet de la morphine. Je ne crois pas qu'elle se rende compte de ce qui se passe autour d'elle.

Après avoir franchi une grille de jardin et passé sur les links, nous enjambâmes une barrière très basse et descendîmes un petit chemin en lacets.

Au bas de ce chemin, nous prîmes un sentier bordé de ronces et de fougères.

Soudain, nous débouchâmes sur un promontoire herbu dominant la mer et une grève de galets d'une éblouissante blancheur. Ce coin enchanté était couvert d'arbres au feuillage sombre. Le contraste du blanc, du vert foncé et de la mer d'un bleu de saphir produisait un effet des plus saisissants.

— Que c'est beau! m'écriai-je.

Clarke se tourna vivement vers moi.

— N'est-ce pas? Je me demande pourquoi les gens s'en vont à l'étranger, à la Riviera, alors qu'ils ont de si beaux sites chez eux. J'ai parcouru le monde entier et, en toute sincérité, je n'ai rien vu de comparable à ceci.

Puis, comme honteux de s'intéresser au paysage en la circonstance, il poursuivit, d'un ton plus calme :

— C'était la promenade du soir de mon frère. Il venait jusqu'ici, remontait le sentier, puis, tournant à droite, au lieu de prendre à gauche, il allait au-delà de la ferme et regagnait la maison par-derrière.

Nous continuâmes notre chemin et dans les champs, auprès d'une haie, Clarke nous montra l'endroit où le corps de Sir Carmichael avait été retrouvé.

Crome observa :

— Rien de plus facile. L'homme se tapissait ici dans l'ombre. Votre frère a reçu le coup tout à fait à l'improviste.

Miss Grey ne put réprimer un petit cri.

Franklin Clarke lui dit :

— Remettez-vous, Thora. Evidemment, ce crime est horrible, mais il faut affronter les faits.

Thora Grey... ce nom lui seyait admirablement.

Nous rentrâmes à la maison où le corps avait été déposé après avoir été photographié.

Comme nous montions le large escalier, le médecin, un sac noir à la main, sortait d'une chambre.

— Vous n'avez rien à nous dire, docteur? demanda Clarke.

Le médecin hocha la tête.

— Un cas des plus simples. Je réserve les détails techniques pour l'enquête. Pour le moment, je puis vous assurer qu'il n'a pas souffert et que la mort a dû être instantanée.

Il s'éloigna.

— Je vais aller voir Lady Clarke.

Une infirmière sortit d'une autre chambre et le médecin alla la rejoindre.

Nous entrâmes dans la pièce que venait de quitter le médecin.

J'en ressortis presque aussitôt. Thora Grey était demeurée au haut de l'escalier.

Elle avait l'air terrifiée.

— Miss Grey... Qu'avez-vous?

Elle me regarda.

— Je pensais... à D.

— A D.?

Je ne comprenais pas.

— Oui. Le prochain assassinat. Il faut à tout prix empêcher qu'il se commette.

Clarke quitta la chambre derrière moi.

Il demanda :

— Que dites-vous qu'il faut empêcher, Thora?

— Ces horribles crimes...

— Je partage votre avis. (Il avança les mâchoires de façon agressive.) J'en toucherai un mot à M. Poirot... Dites-moi, monsieur Hastings, Crome connaît-il bien son métier?

Cette question me sembla pour le moins insolite.

Je répondis que Crome passait pour un habile policier.

Sans doute ma voix ne laissait point percer un grand enthousiasme.

— Je ne prise pas énormément ses façons autoritaires, ajouta Clarke. On dirait que rien ne lui est étranger... Or, jusqu'ici, je ne vois pas qu'il en connaisse beaucoup plus que nous.

Il se tut un instant, puis il reprit :

— M. Poirot est l'homme qu'il me faut. Je lui donnerai le prix qu'il me demandera. Nous reviendrons sur cette question.

Il suivit le corridor et frappa à la porte de la chambre où le médecin venait d'entrer.

J'hésitai quelques secondes. La jeune fille regardait fixement devant elle.

— A quoi pensez-vous, Miss Grey?

Elle tourna les yeux vers moi...

— Je me demande où est à présent... le meurtrier. Il y a douze heures à peine que le crime a été commis... Oh! il n'existe donc aucun médium pour nous renseigner sur l'endroit où il se trouve maintenant et ce qu'il fait?

— La police est à ses trousses... commençai-je.

Mes paroles la rappelèrent à la réalité. Thora se ressaisit et dit :

— Ah! oui, c'est vrai!

Elle descendit l'escalier et je restai là, immobile me répétant les paroles :

— *Où se trouve A. B. C. en ce moment?*

CHAPITRE XVI

(*Ce chapitre ne fait point partie du récit du capitaine Hastings.*)

M. Alexandre-Bonaparte Cust sortait avec le reste des spectateurs du *Torquay Palladium*, où il venait d'assister à la projection d'un film très émouvant : *Aux petits des oiseaux...*

Il clignotait des yeux en affrontant le soleil de l'après-midi. Il regarda autour de lui avec cet air de chien perdu qui lui était si caractéristique.

Il murmura à lui-même : « Tiens, c'est une idée! »

Des vendeurs de journaux passaient en criant :

— Lisez le meurtre de Churston! Dernières nouvelles!

M. Cust fouilla dans ses poches, ramena une pièce de monnaie et acheta un journal. Il ne l'ouvrit pas tout de suite.

Entrant dans le jardin public, il se dirigea à pas lents vers un coin d'où l'on voyait le port de Torquay. Il s'assit et ouvrit enfin son journal.

Il lut en manchette :

Assassinat de Sir Carmichael Clarke.
Terrible drame à Churston.
Les crimes d'un fou homicide.

Puis, au-dessous :

Voilà un mois à peine, l'Angleterre était émue et indignée par l'assassinat d'une jeune fille, Elisabeth Barnard, habitant Bexhill. Nos lecteurs se souviennent peut-être qu'un horaire A. B. C. avait été ramassé sur le lieu du drame. Un horaire A. B. C. a également été trouvé auprès du cadavre de Sir Carmichael Clarke. La police soupçonne que les deux crimes ont été commis par la même personne. Serait-il possible qu'un fou criminel hantât l'une après l'autre nos stations balnéaires?

Un jeune homme vêtu d'un pantalon de flanelle et d'une chemise bleu ciel était assis sur le même banc que M. Cust.

— Un crime abject, n'est-ce pas? dit-il.

M. Cust sursauta.

— Certes... oui!

Et ses mains tremblèrent.

Le jeune homme remarqua qu'il tenait son journal avec difficulté.

— Avec les fous, on ne sait jamais ce qui peut arriver, poursuivit le jeune homme. D'autant plus que souvent rien ne les distingue physiquement des autres. Ils sont comme vous et moi...

— Possible, observa M. Cust.

— C'est la pure vérité. Parfois, la guerre les a détraqués et depuis ils n'ont point recouvré leur équilibre mental.

— Vous... vous avez peut-être raison.

— Je ne suis point partisan des guerres, déclara le jeune homme.

M. Cust se tourna vers lui.

— Je n'aime pas davantage la peste, la famine et le cancer... mais il faut bien les subir tout de même!

— On peut prévenir les guerres, répliqua le jeune homme avec assurance.

M. Cust se mit à rire... d'un rire prolongé...

« Le bonhomme est lui-même maboul », pensa son compagnon, alarmé.

Tout haut, il prononça :

— Excusez mon indiscrétion, monsieur, mais vous avez sans doute fait la guerre?

— Oui, monsieur... et cela m'a un peu déséquilibré. Depuis, je souffre toujours de la tête... terriblement.

— Je vous plains sincèrement, murmura le jeune homme.

— A certains moments, je ne sais plus ce que je fais...

— Vraiment? Allons, au revoir, monsieur. Il est temps que je m'en aille.

Il se leva et s'éloigna précipitamment. Il fuyait d'instinct les gens qui commençaient à parler de leurs maladies.

M. Cust demeura sur le banc, son journal à la main.

Il lut et relut.

Les gens allaient et venaient devant lui.

La plupart d'entre eux s'entretenaient du meurtre.

— C'est horrible... Est-ce que ce ne serait pas le Chinois?... La serveuse ne travaillait-elle pas dans un café chinois?

— Tout à l'heure, au golf...

— ... Voyons, mon chéri, hier nous avons pris le thé à Elbury...

— La police va certainement mettre la main dessus.

— ... il sera arrêté d'une minute à l'autre...

— ... vraisemblablement à Torquay...

M. Cust plia soigneusement son journal et le posa sur le banc, puis il se leva et se dirigea d'un pas lent vers la ville.

Il croisa des jeunes filles vêtues de blanc, de rose et de bleu, en robes estivales, en pyjamas ou en *shorts*. Elles riaient et plaisantaient, tout en dévisageant les hommes qui passaient près d'elles.

Pas une seconde, leurs regards ne s'arrêtèrent sur M. Cust.

Il s'assit à une petite table et commanda du thé et de la crème du Devonshire.

CHAPITRE XVII

L'AFFAIRE PIÉTINE SUR PLACE

A la suite de l'assassinat de Sir Carmichael Clarke, le mystère d'A. B. C. occupa une place prépondérante dans la presse.

Les colonnes des journaux en étaient remplies. Ils annonçaient toutes sortes de pistes et l'arrestation imminente du meurtrier et de ses complices, publiaient des interviews et la photographie de tous ceux qui, de près ou de loin, prétendaient savoir du nouveau touchant le crime, lequel alla jusqu'à provoquer des interpellations au Parlement.

A présent on associait le crime d'Andover aux deux autres.

Scotland Yard était d'avis que, plus on donnerait de réclame à l'affaire, plus vite on mettrait la main sur le coupable. La population entière de la Grande-Bretagne se trouva transformée en une armée de détectives amateurs.

L'Eclair Quotidien eut l'idée ingénieuse d'épingler cette phrase en énorme manchette : *L'assassin se promène peut-être dans votre ville!*

Le nom de Poirot était mêlé à toute cette publicité. Les lettres adressées à lui par l'assassin furent reproduites en fac-similé. Certains le couvrirent d'injures pour n'avoir point prévenu les crimes alors qu'il en avait la possibilité; d'autres prirent fait et cause pour lui, dans l'espoir qu'il allait livrer le coupable.

Les reporters ne cessaient de le harceler de demandes d'interviews précédées d'en-têtes de ce genre :

Déclaration de M. Poirot.

M. Poirot nous donne son point de vue sur la situation.

M. Poirot à la veille du succès.

Le capitaine Hastings, ami intime de M. Poirot, confie à notre envoyé spécial...

Et suivies ordinairement d'une colonne de niaiseries.

— Poirot! m'écriai-je en lisant ces sottises, croyez-moi, je vous prie, je n'ai jamais tenu de tels propos.

A quoi mon ami répondait, toujours aimable :

— Je le sais, Hastings, je le sais. Il existe un abîme entre ce qu'on dit et ce qu'on vous fait dire. On emploie certaine manière de tourner les phrases qui en dénature complètement le sens primitif.

— Pour rien au monde, je ne voudrais que vous me soupçonniez d'avoir dit...

— Ne vous inquiétez pas, Hastings. Tout cela importe peu. Ces idioties peuvent même servir notre cause.

— Comment cela?

— Si notre timbré lit mes prétendues révélations à la *Blague Quotidienne*, il concevra de moi une piètre opinion!

Je ne voudrais pas que vous vous imaginiez que durant tout ce temps la police se croisait les bras : au contraire, Scotland Yard et les inspecteurs locaux étaient sur les dents et suivaient les moindres pistes qu'on leur signalait.

Les hôteliers, les propriétaires de meublés et de pensions de famille, dans un rayon assez étendu, furent longuement interrogés.

Des centaines d'histoires de gens imaginatifs qui « avaient vu un homme aux allures bizarres et roulant de gros yeux » ou « remarqué un individu à la figure sinistre et à la démarche furtive » furent contrôlées, jusqu'au moindre détail. Dans les trains, les autobus, les trams, les bibliothèques des gares et des librairies se poursuivaient infatigablement les interrogatoires et les vérifications d'enquête.

Enfin, une vingtaine de personnes furent détenues par la police jusqu'à ce qu'elles eussent fourni un emploi satisfaisant de leur temps durant la nuit en question.

Le résultat de ces enquêtes ne demeura pas entièrement vain. Certaines dépositions furent consignées et contrôlées par la suite.

Si Crome et ses collègues se montraient inlassables, Poirot me semblait extrêmement indolent. J'essayai de secouer un peu son apathie.

— Que voulez-vous que je fasse, mon ami? Les enquêtes habituelles? La police s'en chargera bien mieux que moi. Si je vous écoutais, je me mettrais à courir sur les pistes comme un chien après le gibier.

— En attendant, vous ne bougez pas de la maison, tel...

— Tel un homme sensé! Ma force, Hastings, réside en mon cerveau et non dans mes pieds. Alors que vous me jugez inactif, je réfléchis.

— Vous réfléchissez? Le moment est-il bien choisi pour la réflexion?

— Assurément.

— A quoi cela vous sert-il de réfléchir? Vous

connaissez les trois assassinats dans leurs moindres détails.

— Ce n'est pas aux faits que je songe, mais à la mentalité du meurtrier.

— La mentalité d'un dément!

— Précisément. Et ce n'est pas aussi aisé que vous l'imaginez. Quand je me serai formé un portrait exact du meurtrier je découvrirai son identité. Chaque jour, j'en apprends davantage sur son compte. Après le crime d'Andover que savions-nous de l'assassin? Moins que rien. Après celui de Bexhill? Un peu plus. Et après celui de Churston? Un tantinet davantage. Je commence à voir se dessiner, non, comme vous le souhaiteriez, la forme d'un corps et d'un visage, mais les contours d'un esprit... d'un esprit qui se meut et se dirige dans un sens bien défini. Après le prochain crime...

— Poirot!

Mon ami me considéra d'un air calme.

— Mais oui, Hastings, je suis presque certain qu'un autre se prépare. Tout dépend du hasard. Jusqu'ici, il paraît avoir favorisé notre inconnu, mais cette fois il peut tourner contre lui. Quoi qu'il en soit, après le prochain crime nous en saurons beaucoup plus à son sujet. Le crime est terriblement révélateur, sachez-le. Changez votre manière d'être, si bon vous semble, vos goûts, vos habitudes, votre tournure d'esprit et votre état d'âme seront dévoilés par vos actes. Les indications demeurent parfois confuses, comme si deux cerveaux dirigeaient la volonté, mais bientôt tout s'éclairera... et je saurai...

— Le nom du coupable?

— Non, Hastings, je ne pourrai dire son nom ni son adresse, mais à quel genre d'individu j'ai affaire.

— Et alors?

— Et alors, j'irai à la pêche.

Devant mon air étonné, Poirot poursuivit :

— Un pêcheur expérimenté sait quel genre de mouche il convient d'offrir à tel ou tel poisson. J'offrirai, moi aussi, l'appât voulu.

— Et alors?

— Et alors? Et alors? Vous êtes aussi agaçant que ce prétentieux de Crome avec ses continuels « Ah! bah! ». Eh bien, il mordra à l'hameçon et nous enroulerons la ligne...

— En attendant, des gens meurent...

— Trois personnes... Chaque semaine, on compte environ cent vingt victimes d'accidents d'autos.

— Vous détournez la question.

— Pour ceux qui disparaissent, le résultat est à peu près le même. Quant aux amis, aux parents, il en va certes différemment. Dans le cas actuel, ce qui me réjouit...

— Je serais, fichtre, curieux de connaître la nature de votre joie!

— Inutile, Hastings, de jouer à l'ironiste. Je me réjouis à la pensée que pas l'ombre d'un soupçon ne viendra troubler l'innocent.

— Vous croyez?

— J'en suis sûr. Lorsqu'un crime a été commis dans une famille, rien n'est plus odieux que cette atmosphère de suspicion à laquelle il donne lieu : chacun vous épie et vous voyez dans les yeux de vos proches l'amour se muer en épouvante... C'est un miasme... un poison. On ne pourra, certes, reprocher à notre A. B. C. d'empoisonner l'existence d'un innocent.

— Bientôt vous trouverez des justifications aux crimes de cet individu! répliquai-je d'un ton amer.

— Pourquoi pas? Il croit peut-être agir en toute équité.

— Vraiment, Poirot?

— Je vous scandalise, n'est-ce pas, mon cher

Hastings? D'abord, par mon inertie, et maintenant par mes façons de voir.

Je hochai la tête sans répondre.

Au bout de quelques secondes, mon ami belge reprit :

— Je vais vous faire part d'un projet qui ne laissera certainement pas de vous séduire : il est question désormais d'adopter, dans cette affaire, une attitude active qui suscitera beaucoup de conversation et peu de pensée.

Son ton ne me plaisait qu'à demi.

— De quoi s'agit-il? demndai-je avec méfiance.

— De faire parler les parents et amis des victimes.

— Vous les soupçonnez donc de dissimuler une partie de la vérité?

— Pas intentionnellement. Mais le fait de raconter tout ce qu'on sait implique toujours une certaine discrimination. Si je vous demandais l'emploi de votre journée d'hier, sans doute me répondriez-vous : « Je me suis levé à neuf heures; « à neuf heures et demie, j'ai déjeuné d'œufs au « lard et de café, ensuite je me suis rendu à mon « club, etc. » Vous ne me diriez certainement pas : « Je me suis brisé un ongle et j'ai dû le « couper. J'ai sonné pour qu'on m'apportât de « l'eau chaude. J'ai renversé une goutte de café « sur la nappe. J'ai brossé mon chapeau avant « de le mettre sur ma tête. » On ne peut tout raconter, donc on procède par sélection. Lors d'un meurtre, chacun révèle ce qui lui semble important, mais souvent il se trompe!

— Et comment reconnaître les faits essentiels?

— Par la conversation. En discutant tel ou tel événement, en parlant de telle personne, en revoyant l'emploi du temps d'un jour donné, certains détails se présentent d'eux-mêmes à l'esprit.

— Quel genre de détails?

— Si je le savais, je ne me préoccuperais pas

de le chercher! Cependant, il s'est écoulé suffisamment de temps pour que les choses reprennent leur valeur. Ce serait à douter de toutes les lois mathématiques si, dans ces trois crimes, un fait, voire une simple phrase, ne venaient tôt ou tard jeter un peu de lumière sur la personnalité du coupable. Un détail insignifiant ou une remarque triviale peuvent nous servir de fil conducteur! C'est, je vous l'accorde, chercher une épingle dans une voiture de foin, mais l'épingle est là... j'en reste convaincu!

Je trouvais ses paroles vagues et embrouillées.

— Vous ne la voyez pas? Votre esprit est donc moins fin que celui d'une simple servante.

Il me tendit une lettre, d'une écriture nette et penchée d'écolière.

Cher monsieur,

Vous me pardonnerez, j'espère, la liberté que je prends de m'adresser à vous. Depuis ces deux assassinats semblables à celui de ma pauvre tante, j'ai longuement réfléchi. Nous sommes tous, ce me semble, dans la même ignorance du coupable. J'ai vu dans les journaux le portrait de la sœur de la malheureuse tuée à Bexhill. Je me suis permis de lui écrire pour l'informer que j'allais me placer à Londres et que, si cette proposition lui convenait, j'entrerais volontiers chez elle ou chez sa mère. Je ne demandais pas de gros gages : je tenais surtout à découvrir cet odieux assassin et je pensais qu'en unissant nos efforts et nos idées, nous aboutirions peut-être.

La jeune fille m'a très aimablement répondu qu'elle travaillait dans un bureau et logeait à l'hôtel, mais elle me conseilla de vous écrire. Elle ajouta qu'elle-même avait conçu une idée pareille à la mienne. Puisque nous souffrions des mêmes ennuis, nous devions nous soutenir et nous entrai-

der. Voilà pourquoi je vous écris et vous donne mon adresse.

J'aime à croire que je ne vous suscite pas trop de soucis et suis votre toute dévouée,

MARY DROWER.

— Mary Drower est une fille très intelligente, déclara Poirot.

Il me tendit une autre missive.

— Tenez. Lisez!

C'était un mot de Franklin Clarke, annonçant son arrivée à Londres et son désir de rendre visite à Poirot dès le lendemain si mon ami n'y voyait aucun inconvénient.

— Ne désespérez pas, mon ami. L'action va commencer, dit Poirot.

CHAPITRE XVIII

POIROT PRONONCE UN DISCOURS

Franklin arriva à trois heures, le lendemain après-midi, et alla droit au but.

— Monsieur Poirot, je suis très mécontent.

— De quoi, monsieur Clarke?

— Je ne doute point que Crome ne soit un inspecteur très compétent, mais franchement, il m'exaspère avec ses façons de tout savoir! Pendant que nous étions à Churston, j'ai touché un mot à votre ami de ce qui me tenait au cœur, mais depuis j'ai dû mettre en règle les affaires de mon frère et n'ai pu me libérer avant aujourd'hui. Si vous voulez m'en croire, monsieur Poirot, nous ne devrions pas laisser l'herbe nous pousser sous le pied...

— Exactement ce que ne cesse de répéter Hastings!

— ... mais aller de l'avant. Il faut nous préparer au prochain crime.

— Ainsi, vous prévoyez un prochain crime?

— Et vous?

— Certainement.

— Alors, il importe de s'organiser.

— Qu'entendez-vous par là?

— Monsieur Poirot, je vous propose la formation d'une association spéciale, travaillant sous vos ordres, et composée d'amis et de parents des victimes.

— Excellente idée!

— Je suis heureux de votre approbation. En conjuguant nos efforts, nous atteindrons sûrement un résultat. Dès que vous recevrez le prochain avertissement, nous nous rendrons sur place. L'un de nous pourra peut-être — je n'affirme rien — reconnaître quelqu'un qui se serait trouvé près de la scène d'un des crimes précédents.

— Je comprends fort bien votre raisonnement, mais permettez-moi de vous rappeler, monsieur Clarke, que les parents et amis des deux autres victimes vivent dans un milieu très différent du vôtre. Ce sont des salariés et si on leur octroie un congé...

— Vous avez raison. Je suis le seul en mesure de prendre en main les dépenses. Non que je sois particulièrement riche, mais mon frère a laissé une fortune considérable qui doit me revenir. Comme je vous le disais, je serais d'avis d'enrôler les parents et amis des victimes en une espèce de légion spéciale, dont les membres recevraient, en rémunération de leurs services, une somme équivalente à leurs appointements ou salaires dans la place qu'ils occupent, plus les frais supplémentaires.

— Qui en ferait partie?

— J'y ai déjà pensé. J'ai même écrit à Miss Megan Barnard... en réalité, l'idée émane d'elle. Je propose donc comme membres de la légion, moi-même, Miss Barnard, Donald Fraser, le fiancé de la jeune fille assassinée. Il y a aussi la nièce de la femme d'Andover, dont Miss Barnard connaît l'adresse. Je ne crois pas que le mari puisse nous être utile : c'est, dit-on, un ivrogne. Quant au père et à la mère des Barnard, ils sont tous deux trop âgés.

— Qui d'autre?

— Eh bien... euh... Miss Grey.

Il rougit légèrement en prononçant le nom de la jeune fille.

— Oh! Miss Grey?

Personne au monde n'excellait comme Poirot à glisser une petite pointe d'ironie dans les mots les plus simples. Franklin Clarke, subitement rajeuni de trente-cinq ans, avait l'air d'un collégien.

— Oui. Vous comprenez, Miss Grey était la secrétaire de mon frère depuis plus de deux ans. Elle connaît le pays, les environs et les gens du voisinage, tandis que moi j'ai été absent pendant plus d'un an et demi.

Poirot le prit en pitié et détourna la conversation.

— Vous avez été en Orient? En Chine?

— Oui. Mon frère m'avait chargé de lui trouver des pièces rares.

— Cette mision devait être des plus intéressantes. Eh bien, monsieur Clarke, j'approuve pleinement votre initiative. Hier encore, je disais à Hastings qu'une association des gens intéressés me semblait nécessaire pour discuter, fouiller ces souvenirs... parler... parler... et encore parler. De quelque propos apparemment insignifiant peut jaillir la lumière.

Quelques jours plus tard, la « légion spéciale » se réunissait dans l'appartement de M. Poirot.

Docilement, chacun s'assit autour de la table et regarda Poirot qui, à l'instar d'un président de conseil d'administration, avait pris la place d'honneur. Je profitai de cet intermède pour passer les gens en revue et confirmer les premières impressions qu'ils m'avaient laissées.

Les trois jeunes filles possédaient des physionomies très distinctes et très personnelles : Thora Grey avec sa beauté extraordinairement blonde, la brune Megan Barnard, à l'expression impassible de Peau-Rouge, et Mary Drower, vêtue d'un tailleur noir, au visage fin et intelligent. Les deux hommes offraient un contraste frappant : Franklin Clarke, la peau bronzée et les épaules larges, avait le verbe haut, tandis que Donald Fraser, plutôt timide et effacé, ne semblait parler qu'à contrecœur.

Incapable de résister à la tentation, Poirot ne laissa point passer l'occasion de prononcer un petit discours.

— Mesdames et messieurs, vous savez pourquoi nous sommes ici réunis. La police s'efforce de son mieux à trouver le coupable; moi aussi à ma manière un tantinet différente de la sienne. Mais ceux qui ont un intérêt personnel dans l'affaire, et qui ont connu intimement les victimes devraient, ce me semble obtenir de meilleurs résultats.

« Nous sommes en présence de trois meurtres : celui d'une vieille femme, celui d'une jeune fille et celui d'un homme d'âge mûr. Un seul lien unit ces trois crimes : tous trois ont été commis par la même personne, autrement dit cette personne a séjourné dans les trois localités différentes, et a certainement été vue par un grand nombre de gens. Le criminel est un dément, aucun doute là-dessus, mais on peut également affirmer que rien dans son aspect extérieur et son comportement habituel ne révèle sa folie criminelle. Cet assassin — qui, en l'espèce, peut aussi bien être une femme qu'un homme — possède toutes les ruses et les roueries des insensés. Jusqu'ici il a parfaitement réussi à dérouter toutes les recherches. La police détient de vagues indications, mais rien qui lui permette d'aller de l'avant.

« Il existe cependant des faits précis. Par

exemple, cet assassin n'est pas arrivé à Bexhill à minuit et n'a point trouvé, pour les besoins de la cause, sur la plage une jeune fille dont le nom commençait par un B.

— Est-il nécessaire de revenir là-dessus?

Donald Fraser avait posé cette question... Les mots semblaient lui avoir été arrachés par une douleur profonde.

— Oui, monsieur, il est absolument indispensable d'examiner tous les faits, dit Poirot en se tournant vers lui. Vous êtes ici, non point pour ménager vos sentiments en refusant d'entrer dans les détails, mais, en cas de besoin, pour torturer votre cœur, en allant au fond des choses. Comme je viens de l'exprimer, le hasard seul n'a point mis Betty Barnard sur la route d'A. B. C. De la part du criminel, il y a eu un choix... donc une préméditation. En d'autres termes, il a dû au préalable explorer le terrain, s'assurer de certains faits : l'heure propice pour tuer la vieille buraliste à Andover, les détails de la mise en scène à Bexhill et les habitudes de Sir Carmichael Clarke, à Churston. Personnellement, je suis persuadé qu'avec un peu de bonne volonté, nous ne tarderons pas à découvrir quelques renseignements, lesquels nous permettront d'établir son identité.

« J'ai l'impression nette qu'un de vous — ou peut-être tous les cinq — connaissez, à votre insu, des choses importantes.

« Tôt ou tard, grâce à votre association, ces faits sortiront de l'ombre et prendront un relief jusqu'ici effacé. Il en va de même dans le jeu de patience : les pièces, prises à part, n'ont aucun sens, mais dès qu'on les assemble, on voit apparaître une partie définie de l'image.

— Des paroles que tout cela! dit Megan Barnard.

— Hein?

Poirot la considéra d'un air interrogateur.

— Oui, vous parlez pour ne rien dire. Des mots! Des mots!

Elle s'exprimait avec ce sombre désespoir que je finis par associer à sa personnalité.

— Les mots, mademoiselle, ne sont que l'habit dont nous vêtons nos idées.

— Très juste, dit Mary Drower. Souvent il arrive qu'au cours de la discussion, le sens véritable des choses se révèle à votre esprit. Celui-ci travaille à votre insu, et, sans que vous y preniez garde, les coins sombres s'éclairent. M. Poirot a tout à fait raison.

— Si parfois le silence est d'or, ici le proverbe ment, observa Franklin Clarke.

— Qu'en pensez-vous, monsieur Fraser?

— Je doute de l'efficacité de votre procédé, monsieur Poirot.

— Et vous, Thora, quelle est votre opinion? demanda Clarke.

— Je considère qu'en principe, il sort toujours quelque chose de la discussion.

— Je propose, fit M. Poirot, que chacun de vous essaie de se rappeler les événements qui précédèrent immédiatement le crime. Vous avez la parole, monsieur Clarke.

— Voyons... Le matin du jour où mon frère a été tué, je suis allé à la pêche en bateau. J'ai pris huit maquereaux. Une brise délicieuse soufflait sur la baie. Rentré pour déjeuner, nous avons mangé du ragoût de mouton. J'ai fait la sieste dans le hamac jusqu'à l'heure du thé. Ensuite, j'ai rédigé quelque correspondance et, ayant manqué l'heure du courrier, je suis allé en voiture à la poste de Paignton. Après le dîner, — je l'avoue sans honte — je relisais un livre de Nesbit qui avait fait la joie de ma jeunesse, lorsque la sonnerie du téléphone retentit...

— C'est tout? Réfléchissez bien, monsieur Clarke. Le matin, en vous rendant à la grève, n'avez-vous rencontré personne sur votre chemin?

— Oh! si... une foule de gens.

— Avez-vous quelques souvenirs précis?

— Non, aucun pour l'instant.

— Essayez de vous rappeler même un détail.

— Voyons... j'ai remarqué une femme énorme vêtue d'une robe à rayures... deux enfants l'accompagnaient. Sur la grève, deux jeunes gens lançaient des pierres à l'eau et un petit fox-terrier courait les attraper... Ah! oui... je me souviens aussi d'une jeune fille blonde qui poussait des cris en se baignant... C'est bizarre... ces faits ridicules se représentent à vous... comme dans le développement d'une bobine photographique.

— Vous êtes un sujet idéal. Et plus tard, dans la journée... au jardin... sur la route...

— Le jardinier arrosait... Sur la route, j'ai failli écraser une cycliste, une sotte de femme qui allait en zigzags et appelait un ami. C'est tout, je crois.

Poirot se tourna vers Thora Grey.

— Et vous, Miss Grey?

La jeune fille répondit de sa voix claire :

— Le matin, je me suis occupée de la correspondance de Sir Carmichael... puis j'ai vu la gouvernante. L'après-midi j'ai écrit quelques lettres et fait un peu de couture. La journée s'est passée sans autre incident. Je suis allée me coucher de bonne heure.

A ma grande surprise, Poirot ne lui posa aucune question. Il poursuivit :

— Miss Barnard, pourriez-vous nous parler de la dernière fois que vous avez vu votre sœur?

— C'était quinze jours avant sa mort. J'avais passé le samedi et le dimanche à la maison. Il faisait beau et nous nous rendîmes ensemble à la piscine d'Hastings.

— Sur quoi a roulé la couversation?

— Je me souviens surtout de lui avoir fait un brin de morale, dit Megan.

— Et que vous a répondu votre sœur?

Megan fronça le sourcil et évoqua ses souvenirs.

— Elle se plaignait de manquer d'argent... elle me dit qu'elle venait de s'acheter un chapeau et deux robes d'été. Elle parla un peu de Donald... Elle ajouta qu'elle n'aimait pas Milly Higley, la nouvelle servante, et nous avons ri de Mme Merrion, la tenancière du café... je ne me souviens pas d'autre chose...

— Elle n'a pas touché mot d'un homme en compagnie de qui elle devait sortir? Excusez-moi, monsieur Fraser.

— Elle s'en serait bien gardée, répondit Megan d'un ton sec.

Poirot se tourna ensuite vers le jeune homme aux cheveux rouges et à la mâchoire carrée.

— Monsieur Fraser, veuillez fouiller vos souvenirs. Ce soir-là, avez-vous dit, vous vous êtes rendu au café. Votre première intention était de surveiller Betty Barnard à la sortie. N'avez-vous remarqué personne tandis que vous attendiez?

— Un grand nombre de promeneurs allaient et venaient le long de la plage. Je ne me souviens d'aucun en particulier.

— Essayez de vous rappeler. Si préoccupé que soit l'esprit les yeux enregistrent machinalement, de façon inintelligente, mais précise...

Le jeune homme répéta d'un ton bourru :

— Je ne me souviens pas.

Poirot poussa un soupir et s'adressa à Mary Drower :

— Vous avez sans doute reçu des lettres de votre tante?

— Oui, monsieur.

— De quelle date était la dernière?

Mary réfléchit un instant.

— Deux jours avant le meurtre, monsieur.

— Que disait cette lettre?

— Ma tante m'écrivait que son « vieux démon » était encore revenu la tourmenter, mais, cette fois, elle l'avait mis à la porte avec une bonne paire de gifles. Elle m'attendait pour le mercredi suivant — mon jour de sortie, monsieur — et nous devions aller au cinéma pour fêter mon anniversaire.

A l'évocation de cette petite fête familiale, les larmes montèrent aux yeux de la pauvre fille. Elle étouffa un sanglot et s'en excusa.

— Pardonnez-moi, monsieur. Je suis sotte de pleurer ainsi. Mais, vous comprenez... ma tante et moi nous nous promettions de célébrer ensemble mon anniversaire...

— Je comprends ce sentiment, dit Franklin Clarke. Dans la vie les menus faits vous émeuvent, particulièrement ces joies naturelles : un cadeau, une fête de famille. J'ai été autrefois témoin d'un accident : une femme avait été écrasée et elle venait d'acheter une paire de souliers neufs. Je la revois étendue à terre. Du carton défait s'échappaient les minuscules chaussures aux talons d'une hauteur extravagante... Depuis, je ne puis songer à l'accident sans que s'y mêle ce détail pathétique.

Megan s'exclama avec une soudaine émotion :

— C'est pourtant vrai... tristement vrai! Pareil fait m'est arrivé après la mort de Betty. Maman avait acheté une paire de bas pour lui en faire cadeau... le jour même où le malheur s'est produit. Pauvre maman! Elle pleurait en regardant ces bas. « Dire que je les avais achetés pour « Betty... je voulais lui faire plaisir... et elle ne « les a même pas vus. »

La voix tremblante, Megan se pencha vers Franklin Clarke et le regarda. Une soudaine sympathie s'établissait entre eux... la fraternité de la douleur.

— Je comprends, dit-il. Ce sont précisément ces choses-là dont le souvenir est cruel.

Donald Fraser s'agita nerveusement.

Thora Grey fit dévier la conversation.

— N'allons-nous donc point organiser un plan d'action... pour l'avenir? s'enquit-elle.

— J'y songe, répliqua Franklin Clarke, reprenant son ton habituel. Le moment venu — c'est-à-dire à l'arrivée de la quatrième lettre — nous joindrons nos forces. Jusque-là, nous pourrions tenter notre chance, chacun de son côté. Je ne sais si, jusqu'ici, M. Poirot voit quelques points à contrôler.

— Je pourrais peut-être émettre quelques suggestions, dit Poirot.

— Bien. Je vais en prendre note. Nous vous écoutons, monsieur Poirot.

Clarke tira un carnet de sa poche.

— Il est possible que la servante du café, Milly Higley, ait quelques renseignements utiles à nous fournir.

— Milly Higley, écrivit Franklin Clarke.

— Je propose deux méthodes d'approche. Vous, Miss Barnard, pourriez essayer la méthode offensive.

— Sans doute parce que cela sied très bien à mon caractère? trancha-t-elle d'un ton bref.

— Vous vous prenez de querelle avec la demoiselle. Vous lui dites que vous savez qu'elle détestait votre sœur... et que celle-ci vous avait tout raconté sur son compte. Si je ne m'abuse, vos propos provoqueront un flot de protestations de la part de la serveuse. Elle vous jettera à la tête tout ce qu'elle pense de votre sœur! Quelque précision utile peut en découler.

— Et la seconde méthode?

— Me permettrez-vous, monsieur Fraser, de vous demander de témoigner quelque intérêt envers cette jeune fille?

— Est-ce nécessaire?
— Pas absolument, mais c'est un moyen de la faire parler.
— Voulez-vous que je m'en charge? dit Franklin. Je possède une... assez grande expérience, monsieur Poirot.
— Votre rayon d'investigation est déjà tout tracé, observa Thora Grey.
La figure de Franklin s'allongea légèrement.
— C'est exact, émit-il.
— Ma foi, dit Poirot, je ne vois pas ce que vous pourriez faire pour le moment à Churston. Mlle Grey est bien désignée...
Thora l'interrompit.
— Sachez, monsieur Poirot, que j'ai définitivement quitté Churston.
— Ah!
— Miss Grey a eu la gentillesse de rester pour m'aider à mettre nos affaires en ordre, dit Franklin, mais elle préférait une situation à Londres.
Poirot lança un regard scrutateur de l'un à l'autre.
— Comment va Lady Clarke? demanda-t-il.
J'admirai la légère coloration rose qui monta aux joues de Thora et faillis ne point entendre la réponse de Clarke.
— Plutôt mal. A propos, monsieur Poirot, vous seriez bien aimable de lui rendre visite. Avant mon départ, elle a exprimé le désir de vous voir. Son état de santé ne lui permet pas toujours de recevoir, mais si vous voulez risquer le voyage, à mes frais... bien entendu.
— J'irai la voir... monsieur Clarke, après-demain si cela vous convient.
— Entendu. Je vais prévenir l'infirmière afin qu'elle règle les doses de morphine en conséquence.
— Quant à vous, ma chère enfant, dit Poirot s'adressant à Mary Drower, je crois que vous

pourriez vous rendre utile en allant à Andover. Vous interrogerez les enfants.

— Les enfants?

— Oui. A cet âge, on hésite à répondre aux questions des étrangers, mais vous êtes connue dans le quartier où habitait votre tante. J'y ai vu pas mal de gosses jouer dans la rue. Peut-être certains d'entre eux ont-ils remarqué les gens qui entrèrent et sortirent de la boutique de votre tante.

— Quel rôle réservez-vous à Miss Grey... et à moi-même, du moins si vous ne m'envoyez pas à Bexhill? demanda Clarke.

— Monsieur Poirot, quel cachet postal portait la troisième lettre? s'enquit à son tour Thora Grey.

— Putney, mademoiselle.

— Ce qui laisserait croire qu'A. B. C. habite Londres.

— On pourrait peut-être lui tendre un piège, dit Clarke. Monsieur Poirot, que diriez-vous d'une petite annonce... quelque chose dans ce goût : *A. B. C. Urgent. H. P. sur votre piste. Cent livres pour mon silence. X. Y. Z.* On y mettrait un peu plus de forme, mais vous saisissez mon idée. Il mordrait probablement à l'hameçon.

— Possible.

— Il désirera sans doute se rendre compte lui-même et venir me voir.

— J'estime cette idée dangereuse et stupide, trancha Thora Grey.

— Qu'en dites-vous, monsieur Poirot?

— Il n'en coûte rien d'essayer, mais je crains que notre A. B. C. ne réponde pas. Je constate, monsieur Clarke, soit dit sans vous offenser, que vous avez conservé l'âme d'un collégien.

Franklin Clarke sembla légèrement confus.

Il consulta son carnet.

— Voici, pour commencer : 1° Miss Barnard

et Milly Higley; 2° M. Fraser et Miss Higley; 3° Enfants d'Andover; 4° Annonce.

« Rien de tout cela ne me paraît bien important, mais nous passerons le temps en attendant.

Il se leva. Quelques minutes plus tard, les membres de la « légion spéciale » se dispersèrent.

CHAPITRE XIX

PAR LA SUÈDE

Poirot revint s'asseoir et fredonna un petit air.

— Malheureusement, elle est trop intelligente, murmura-t-il enfin.

— Qui ça?

— Megan Barnard. Mlle Megan. « Des paroles « que tout cela! » s'est-elle écriée. Tout de suite elle a compris que je parlais pour ne rien dire, alors que tous les autres m'écoutaient bouche bée.

— Vos propos m'ont semblé des plus sérieux. Vous ne pensiez donc point ce que vous disiez?

— Si, mais alors que j'aurais pu tout exprimer en quelques phrases, j'ai répété cent fois la même chose, et seule Mlle Megan s'en est aperçue.

— Quelle était votre intention?

— Eh bien... de déclencher le mouvement. Je tenais à donner l'impression que nous avions à remplir une mission importante à laquelle nous devions tous collaborer... D'où la nécessité de discuter un plan et d'entrer en conversation.

— Quels résultats attendez-vous de ces parlotes à mon sens oiseuses?

— Qui sait? Rien n'est impossible. La comédie surgit souvent au milieu du drame.

Il éclata de rire.

— Je ne comprends pas, lui dis-je.

— Réfléchissez un instant, mon cher Hastings. N'oublions jamais le drame humain, ce drame « aux cent actes divers ». Voici trois groupes d'êtres réunis par une commune tragédie. Aussitôt commence un second drame... tout à fait à part. Vous souvenez-vous de ma première enquête en Angleterre? Il y a de cela bien des années. J'ai provoqué l'union de deux personnes qui s'aimaient en faisant arrêter l'une d'elles pour assassinat. Autrement, jamais ce mariage n'aurait eu lieu. L'amour ne perd jamais ses droits, Hastings, même devant la mort. J'ai même constaté que le meurtre constitue un puissant agent matrimonial.

— Vous exagérez, Poirot, m'écriai-je, choqué. Je suis certain qu'aucune de ces personnes ne songeait à autre chose qu'à...

— Oh! mon cher ami. A commencer par vous...

— Moi?

— Mais oui. Lorsque tout le monde est sorti, une fois la porte refermée, n'avez-vous point fredonné un air?

— Quel mal y a-t-il à cela?

— Aucun, mais cet air trahissait vos pensées.

— Hein?

— Oui. Il est extrêmement dangereux de chantonner. Le refrain qui vous vient aux lèvres révèle vos sentiments intimes. Voici à peu près ce que vous fredonniez.

Poirot chanta d'une abominable voix de fausset :

J'aime tantôt une brune et tantôt une blonde
(*Celle-ci vient de l'Eden par la Suède.*)
Mais je crois que la blonde l'emporte sur la brune

— Quoi de plus révélateur?

— Voyons, Poirot! m'écriai-je, rougissant légèrement.

— C'est tout naturel mon ami. Avez-vous remarqué la sympathie témoignée soudain par Franklin Clarke à Mlle Megan? Il se penchait vers elle et la dévorait des yeux. Je ne sais si vous l'avez constaté comme moi, mais Mlle Thora Grey parut à ce moment fort contrariée. Et M. Donald Fraser...

— Poirot, vous êtes un incorrigible sentimental.

— De nous deux, c'est vous le sentimental, Hastings.

J'allais répliquer, lorsque la porte s'ouvrit.

A ma grande surprise, Thora Grey parut.

— Excusez-moi si je reviens, mais je tenais à vous dire quelque chose, monsieur Poirot.

— Je vous écoute, mademoiselle. Veuillez vous asseoir.

Elle prit un siège, puis hésita quelques minutes.

— Voici, monsieur Poirot, dit-elle enfin. M. Clarke vous a laissé croire que je quittais Combeside de mon propre chef. La réalité est toute différente. Je comptais garder mon emploi : le travail ne manque pas concernant les collections. Mais Lady Clarke désirait me voir partir. Je ne lui en veux point, c'est une femme bien malade, au cerveau un peu détraqué par toutes les drogues qu'on lui fait prendre. Elle devient lunatique et capricieuse. Sans rime ni raison, elle m'a prise en grippe et a exigé mon renvoi immédiat.

Au lieu de se plaindre et d'amplifier les faits, Thora Grey les racontait simplement, avec candeur. Plein de sympathie, je dis à Miss Grey :

— Je vous félicite d'être venue mettre les choses au point, mademoiselle. C'est un acte très courageux de votre part.

— Je juge préférable que l'on sache la vérité, dit-elle avec un sourire. Je ne veux point m'abriter derrière l'attitude chevaleresque de M. Clarke, qui est la bonté même.

Elle prononça ces dernières paroles avec une réelle ferveur. De toute évidence, elle professait une profonde admiration pour Franklin Clarke.

— On ne peut qu'approuver votre franchise. mademoiselle, lui dit Poirot.

— Ce renvoi m'a beaucoup peinée, dit tristement la jeune fille. J'ignorais totalement cette aversion de Lady Clarke pour moi. Je croyais lui être sympathique. (Ses lèvres se tordirent en un pli amer.) On apprend tous les jours à vivre.

Elle se leva.

— C'est tout ce que je voulais vous dire, monsieur Poirot. Au revoir.

Je l'accompagnai jusqu'au bas de l'escalier.

Lorsque je revins dans le salon, je dis à Poirot :

— Cette petite a du cran, c'est une âme bien trempée...

— Et un esprit pratique.

— Que voulez-vous dire?

— Elle ne perd pas le nord et sait prévoir les choses.

Je le regardai d'un air incrédule.

— Elle est fort jolie, observai-je.

— Et elle s'habille à ravir. Ce crêpe marocain et ce col de renard argenté, une merveille!

— Poirot, vous étiez né pour faire un couturier. Moi, je ne remarque jamais la toilette des femmes.

— Vous devriez faire partie d'une colonie de nudistes.

J'allais répliquer avec indignation, lorsqu'il reprit, en abordant un sujet nouveau :

— Je ne puis m'empêcher de penser que, lors de notre entretien de cet après-midi, on a prononcé une phrase significative. Il m'est impossible de préciser... Ce n'est qu'une impression fugitive... quelque chose de déjà vu ou entendu...

— A Churston?

— Non, pas à Churston... Avant cela... Peu importe. Cela reviendra...

Il me dévisagea, éclata de rire, et une fois de plus se mit à fredonner. Puis il ajouta :

— C'est un ange, n'est-ce pas, Hastings... un ange qui nous vient du ciel par la Suède.

— Poirot, fichez-moi la paix!

CHAPITRE XX

LADY CLARKE

Une atmosphère de mélancolie enveloppait Combeside lorsque nous y vînmes pour la seconde fois. Cela provenait en partie du temps — on était en septembre et déjà l'air s'imprégnait de l'humidité automnale — et aussi de l'aspect pathétique de la maison, dont plusieurs fenêtres avaient les volets tirés. Le petit salon où on nous introduisit sentait même le renfermé et le moisi.

Une infirmière entra en rajustant ses manchettes empesées.

— Monsieur Poirot? Je suis la nurse de Lady Clarke. J'ai reçu la lettre de M. Clarke annonçant votre visite.

Poirot s'enquit de l'état de santé de la malade.

— Elle n'est pas trop mal, à tout prendre.

Elle soupira et hocha la tête.

— On ne peut guère espérer d'amélioration; cependant le nouveau traitement lui est favorable et le docteur Logan s'en montre assez satisfait.

— Mais est-il bien vrai qu'elle est incurable?

— Oh! c'est une chose qu'on ne dit jamais, répliqua la nurse, scandalisée de cette franchise brutale.

— La mort de son mari a dû lui causer une terrible commotion?

— Vous comprenez, monsieur Poirot, le choc eût été bien plus terrible pour une femme en pleine possession de sa santé et de ses facultés. Dans l'état où elle se trouve, les malheurs finissent par perdre de leur acuité.

— Pardonnez-moi cette question : était-elle profondément attachée à son mari et lui, l'aimait-il réellement?

— Oh! oui, c'était un couple heureux. Le pauvre homme se tourmentait sans cesse au sujet de la santé de sa femme. Ces coups-là sont toujours plus durs pour un médecin; il ne peut se leurrer de faux espoirs. Je crois bien qu'il a eu l'esprit bouleversé au début.

— Au début? Moins par la suite?

— Que voulez-vous? On s'habitue aux pires situations. De plus, Sir Carmichael trouvait un dérivatif dans ses collections. De temps à autre, il se rendait aux ventes, et, avec la collaboration de Miss Grey, il s'occupait de refaire le catalogue : ils avaient même projeté d'organiser le musée suivant de nouveaux plans.

— Ah! oui... Miss Grey l'a quitté, n'est-ce pas?

— Oui... je l'ai beaucoup regretté. Mais il prend souvent des caprices à une femme affaiblie par la maladie. Inutile de vouloir la raisonner. Miss Grey s'est montrée très raisonnable en la circonstance.

— Lady Clarke l'a-t-elle toujours détestée?

— Non... du moins ses sentiments n'allaient pas jusqu'à la haine. Je crois même qu'elle lui montra tout d'abord quelque sympathie. Mais je vous retiens à bavarder et ma malade va perdre patience.

Elle nous conduisit à une pièce du premier étage, ancienne chambre à coucher transformée en un coquet salon.

Près de la fenêtre, Lady Clarke se tenait assise dans un vaste fauteuil. Elle était d'une maigreur pénible à voir et son visage offrait cette expression mélancolique et hagarde de ceux qui ont beaucoup souffert. Je remarquai le regard rêveur de ses yeux où les pupilles semblaient réduites à la dimension de têtes d'épingles.

— Lady Clarke, voici M. Poirot que vous désiriez voir, annonça l'infirmière de sa voix claire et bien timbrée.

— Ah! monsieur Poirot, prononça évasivement Lady Clarke.

Elle tendit la main.

— Je vous présente mon ami, le capitaine Hastings, dit Poirot.

— Bonjour, capitaine. Je vous sais gré d'être venus tous les deux.

D'un geste vague, elle nous désigna des sièges et nous nous assîmes. Un silence suivit. La vieille dame semblait partie dans un rêve.

Bientôt, avec un léger effort, elle se ressaisit.

— C'est à propos de mon mari, n'est-ce pas?... Au sujet de sa mort. Ah! oui.

Selon moi, « à tout prendre » signifiait qu'elle était condamnée.

— Jamais nous n'aurions cru que les choses devaient se terminer ainsi. J'étais pourtant bien persuadée de partir la première. (Elle s'arrêta un long moment.) Car c'était un homme très solide pour son âge. Jamais il n'a connu la maladie. Il atteignait la soixantaine, mais on lui aurait donné cinquante ans à peine... Oui, il était très solide...

Elle retomba dans sa songerie. Poirot, qui connaissait les effets de certaines drogues, ne s'impatientait pas.

Soudain, Lady Clarke reprit :

— Oui, vous êtes bien aimables d'être venus me voir. J'avais prié Franklin de vous demander de me faire une visite. J'espère qu'il ne se laissera pas entortiller... il est si naïf, encore qu'il ait roulé sa bosse un peu partout. Les hommes ne changeront jamais... ils restent éternellement gamins... Franklin en particulier.

— Il a une nature impulsive, dit Poirot.

— Oui, oui... Et l'âme chevaleresque. De ce côté-là, les hommes sont tous des sots. Lui-même, car...

Sa voix se brisa. Elle hocha la tête avec une impatience fiévreuse.

— Je ne sais plus ce que je dis... Voyez-vous, monsieur Poirot, quand la douleur physique vous tient, on perd la notion de tout le reste...

— Je comprends, Lady Clarke. L'âme est prisonnière du corps.

— La souffrance annihile toutes mes facultés. Je ne me rappelle même plus pourquoi je vous ai demandés.

— Etait-ce pour parler de la mort de votre mari?

— La mort de Car? Oui, peut-être... Le malheureux... un fou... Je parle du meurtrier. Tout le monde ne peut résister au bruit et à la vitesse moderne! Que la tête doit leur faire mal! Et dire qu'on les enferme... Ce doit être épouvantable. Mais que faire? S'ils tuent les autres...

L'air triste, elle hochait la tête.

— Vous ne l'avez pas encore arrêté? demanda-t-elle.

— Non, pas encore.

— Il a dû, ce jour-là, rôder par ici.

— Il y avait tant d'étrangers aux environs, Lady Clarke. Nous sommes à la saison des vacances.

— Oui, je l'oubliais... Mais les touristes se tiennent du côté de la grève; ils ne s'aventurent pas autour de la maison.

— Aucun étranger n'a approché de votre propriété ce jour-là.

— Qui a dit cela? demanda Lady Clarke, raffermissant soudain la voix.

Poirot parut surpris.

— Les serviteurs, répondit-il. Et aussi Miss Grey.

Lady Clarke prononça d'un ton sentencieux :

— Cette jeune fille est une menteuse!

Je sursautai sur ma chaise. Poirot me lança un coup d'œil.

Lady Clarke poursuivit, l'air agité par la fièvre :

— Je ne l'aimais pas. Je ne l'ai jamais aimée. Mon mari lui trouvait toutes les qualités. Il la prenait en pitié parce qu'elle était orpheline et seule au monde. Qu'y a-t-il de si lamentable, après tout, dans le sort de l'orphelin? C'est souvent une bénédiction. Si vous avez un père paresseux et une mère ivrognesse, votre sort est-il mieux partagé? Il l'estimait courageuse et intelligente. Je vous accorde qu'elle s'acquittait consciencieusement de son travail, mais je ne vois pas bien en quoi consistait son courage.

— Allons, ne vous tourmentez pas ainsi. Il ne faut pas vous fatiguer, lui recommanda l'infirmière.

— Je n'ai pas hésité à la congédier. Franklin avait le front de prétendre que sa présence m'apporterait un réconfort. Vraiment! Plus vite j'en serai débarrassée, mieux cela vaudra, lui répondis-je. Franklin est un sot et je ne voulais pas le laisser aux prises avec cette intrigante. Je lui ai donné trois mois d'appointements, mais je n'ai pu la souffrir un jour de plus ici. L'avantage pour une femme, quand elle est malade, c'est de se faire obéir par les hommes. Franklin l'a remerciée. Elle est partie... sans doute prenant des airs de martyre, plus douce et plus courageuse que jamais.

— Voyons, madame, calmez-vous. Vous vous faites du mal.

D'un geste, Lady Clarke repoussa l'infirmière.

— Vous étiez aussi entichée d'elle que les autres.

— Oh! Lady Clarke, ne dites pas cela. Je trouvais Miss Grey extrêmement gentille... il y avait en elle quelque chose de romanesque...

— Vous me ferez toutes sortir de mes gonds, s'exclama Lady Clarke.

— Elle est partie maintenant, sans espoir de retour.

Lady Clarke hocha la tête sans mot dire.

Poirot demanda :

— Pourquoi avez-vous traité tout à l'heure Miss Grey de menteuse?

— Parce qu'elle en est une. Ne vous a-t-elle pas affirmé qu'il n'était venu personne autour de la maison?

« Eh bien, moi, je l'ai vue... de mes propres yeux... par cette fenêtre... parler à un étranger devant la porte d'entrée.

— A quel moment?

— Le jour même de l'assassinat de mon mari... vers onze heures du matin.

— Comment était cet homme?

— Tout à fait ordinaire... Rien de particulier.

— Un... monsieur... quelconque ou un fournisseur?

— Pas un fournisseur. Un homme pauvrement vêtu, autant que je me souvienne.

La douleur contracta son visage.

— Je vous en prie... Laissez-moi maintenant... Je me sens un peu lasse... Nurse!

Nous prîmes congé aussitôt.

— Drôle d'histoire, cette rencontre de Miss Grey et de cet inconnu..., dis-je à Poirot lorsque nous nous retrouvâmes dans le train qui nous ramenait à Londres.

— Voyez, Hastings. Je vous le disais bien : on finit toujours par découvrir quelque chose.

— Pourquoi la jeune fille a-t-elle menti et affirmé qu'elle n'avait vu personne?

— Je puis en donner sept raisons... dont une extrêmement simple.

— Est-ce une *colle*?

— En tout cas, une invite à exercer votre imagination. Mais ne nous tracassons pas en vain. Le plus pratique sera de lui poser la question.

— Et si elle nous répond par un second mensonge?

— Cela serait très intéressant... et digne d'être approfondi.

— Je trouve monstrueux de supposer qu'une jeune fille si intelligente puisse être de connivence avec un fou.

— Moi de même... aussi je ne le suppose pas.

Après quelques minutes de réflexion, je poussai un soupir :

— Une jolie fille, en pareil cas, est souvent en butte aux soupçons les plus abominables.

— Pas du tout. Eloignez cette idée de votre esprit.

— Mais si! insistai-je. Chacun lui fait grief d'être si jolie.

— Vous dites des bêtises, Hastings. Qui lui en voulait à Combeside? Sir Carmichael? Franklin? L'infirmière?

— Lady Clarke ne pouvait la sentir.

— Mon ami, vous débordez d'indulgence envers les jolies filles. Quant à moi, je réserve ma pitié pour les vieilles dames souffrantes. Peut-être Lady Clarke voyait-elle plus clair que les autres? Son mari, Franklin Clarke, et l'infirmière étaient aveugles comme des chauves-souris... de même que le capitaine Hastings.

— Poirot, vous êtes injuste envers Miss Grey.

A ma grande surprise, il clignota des yeux.

— Je m'amuse simplement à vous faire monter sur vos grands chevaux, Hastings. Vous êtes toujours le chevalier galant... prêt à voler au secours des demoiselles en détresse... pourvu — condition essentielle — qu'elles soient jolies.

— Vous êtes ridicule, Poirot, dis-je incapable de réprimer un sourire.

— On ne peut toujours verser des larmes. Les phases de cette tragédie humaine me passionnent de plus en plus. Nous nous trouvons en présence de trois drames de famille. D'abord, celui d'Andover : l'existence misérable de la pauvre Mme Ascher, ses déboires, ses sacrifices pour son ivrogne de mari et l'affection de sa nièce. Un véritable roman. Puis vient Bexhill : des parents simples et heureux. Les deux filles si différentes l'une de l'autre, l'une jolie et écervelée, l'autre intelligente et franche et le jeune Ecossais aux manières pondérées, mais fou de jalousie... Et enfin la maisonnée de Churston : l'épouse au seuil de la mort, le mari absorbé par ses collections, mais éprouvant une tendresse croissante envers sa jolie secrétaire, et le frère, plus jeune, vigoureux, plein de séduction, à qui les lointains voyages confèrent une auréole de romanesque.

« Convenez, Hastings, que, selon le cours ordinaire de l'existence, ces trois familles se seraient toujours ignorées et chacun de ces drames intimes eût suivi sa marche sans être influencé l'un par l'autre. Les combinaisons capricieuses du destin n'ont jamais cessé de m'étonner, Hastings.

— Nous voici à Paddington, fis-je pour toute réponse.

Il était temps, à mon avis, de mettre un terme à ces divagations.

A notre arrivée à Whitehaven Mansions, on nous annonça qu'un monsieur désirait un entretien avec M. Poirot.

Je m'attendais à voir Franklin Clarke ou Japp, mais, à ma grande surprise, ce n'était autre que Donald Fraser.

Il paraissait gêné et sa diffitulté à s'exprimer me frappa.

Au lieu de le presser d'arriver au but de sa visite, Poirot lui offrit des sandwiches et du vin.

En attendant qu'on nous les apportât, mon ami belge raconta d'où nous venions et parla avec bonté de la vieille dame malade.

Une fois les sandwiches avalés et le vin dégusté, il donna un tour personnel à la conversation.

— Vous venez de Bexhill, monsieur Fraser?

— Oui.

— Avez-vous eu quelque succès auprès de Milly Higley?

— Milly Higley? Milly Higley? répéta Fraser. Ah! oui, cette fille qui servait au café. Non, je ne suis pas encore allé la voir. Il s'agit...

Donald Fraser fit une pause et se tordit nerveusement les mains.

— Je ne saurais expliquer ma présence ici, déclara-t-il enfin.

— Moi, je sais, dit Poirot.

— Comment pourriez-vous savoir?

— Vous êtes venu vers moi parce que vous éprouvez le besoin d'ouvrir votre cœur à quelqu'un. Je suis l'auditeur qu'il vous faut. Parlez!

L'air assuré de Poirot produisit son effet. Fraser le considéra avec une soumission reconnaissante.

— Dois-je tout avouer?

— Parbleu!

— Monsieur Poirot, croyez-vous aux rêves?

Je ne m'attendais point à cette question. Cependant, Poirot ne trahit aucune surprise.

— J'y crois, répondit-il. Vous avez rêvé?

— Oui. Vous me direz qu'il est tout naturel que je rêve... de cela. Mais il n'est pas question ici d'un rêve ordinaire.

— Ah!

— Trois nuits d'affilée, le même rêve est venu

me visiter. Monsieur Poirot, je me demande si je perds la tête.

— Racontez-moi cela.

Le visage de Donald prit une pâleur livide; ses yeux lui sortaient de la tête. En réalité, il avait l'air d'un fou.

— Chaque fois, la même scène se produit. J'erre sur la grève à la recherche de Betty. Elle est perdue... Rien que perdue, vous comprenez. Il me faut absolument la retrouver... pour lui remettre sa ceinture que je porte à la main. Et alors...

— Alors?

— Changement de tableau : je ne suis plus à la recherche de Betty. Elle est là devant moi... assise sur le sable. Elle ne me voit pas venir... Oh! c'est affreux!... Je ne puis continuer...

— Si, si! Continuez! ordonna Poirot d'un ton autoritaire.

— Je m'avance par-derrière... à l'improviste... je glisse brusquement la ceinture autour de son cou, puis je tire... je tire....

Il parlait d'une voix angoissée, pénible à entendre. Je m'agrippai aux bras de mon fauteuil.

Donald poursuivit :

— Elle étouffe... elle meurt... je l'ai étranglée... elle s'effondre en arrière... je vois son visage... et c'est Megan... au lieu de Betty!

Pâle et tremblant, le jeune homme se rejeta sur le dossier de son siège. Poirot emplit un autre verre de vin et le lui tendit.

— Que pensez-vous de ce rêve, monsieur Poirot? Pourquoi me hante-t-il chaque nuit?

— Buvez, fit Poirot.

Le jeune homme obéit, puis il demanda d'une voix plus calme :

— Que signifie ce rêve? Je n'ai pas tué Betty! Vous le savez aussi bien que moi!

Je ne sus point la réponse de Poirot, car à cet

instant le facteur frappa à la porte et, au même instant, je quittai le salon.

Le contenu de la boîte aux lettres suffit à écarter de ma pensée les extraordinaires révélations de Donald Fraser.

Je revins précipitamment au salon.

— Poirot! m'écriai-je, voici la quatrième lettre!

Il bondit de son siège, m'arracha la missive des mains, saisit un coupe-papier et ouvrit l'enveloppe. Il étala la feuille sur la table.

Tous trois nous lûmes ensemble :

« Toujours bredouille. Fi! Fi! Que faites-vous donc? Et la police? Où irons-nous la prochaine fois?

« Pauvre monsieur Poirot, vous m'inspirez de la pitié!

« Ne perdez pas courage. Essayez encore, essayez toujours!

« Tipperary? Non... cela viendra plus tard, à la lettre T.

« Le prochain petit incident se déroulera à Doncaster, le 11 septembre.

« A bientôt!

« A. B. C. »

CHAPITRE XXI

LE SIGNALEMENT D'UN ASSASSIN

A cet instant même, l'élément humain passa au second plan, selon l'expression typique de mon ami, Hercule Poirot. On eût dit que notre esprit, incapable de soutenir davantage l'horreur de la situation, se fût, dans l'intervalle, reporté à des sentiments plus immédiats.

Tous nous avions admis l'impossibilité de rien entreprendre avant l'arrivée de la quatrième lettre nous annonçant l'endroit prévu pour le meurtre D. Cette atmosphère de détente avait apporté à tout le monde un réel soulagement.

Ce message, rédigé en caractères typographiques sur une feuille de papier blanc, semblait maintenant nous narguer et nous rappeler à la chasse.

L'inspecteur Crome, arrivé de Scotland Yard, était encore parmi nous lorsque Franklin Clarke et Miss Megan Barnard se présentèrent à leur tour.

La jeune femme annonça qu'elle venait de Bexhill.

— Je voulais poser une question à M. Clarke.

Sans y ajouter grande importance, je remarquai qu'elle paraissait embarrassée pour expliquer sa démarche. Naturellement, la lettre occupait mon esprit, à l'exclusion de toute autre pensée.

Crome n'avait pas l'air enchanté de revoir les différentes personnes intéressées à l'affaire. Il affecta une attitude officielle et peu compromettante.

— J'emporte cette lettre avec moi, monsieur Poirot. Si vous tenez à en prendre copie...

— Non, non, inutile.

— Quelles sont vos intentions, inspecteur? demanda Clarke.

— Ce serait trop long à vous expliquer, monsieur Clarke.

— Cette fois, il faut absolument que nous arrêtions le coupable, déclara Franklin Clarke. Je tiens à vous apprendre, inspecteur, que nous avons formé une association des parents des victimes pour la recherche de l'assassin.

L'inspecteur Crome dit de son air le plus ironique :

— Ah! bah!

— A ce que je vois, inspecteur, vous ne professez pas une très haute opinion des détectives amateurs?

— Monsieur Clarke, vous ne disposez pas, ce me semble, des mêmes ressources que nous.

— Nous avons une vengeance personnelle à assouvir... et c'est quelque chose, cela!

— Ah! bah!

— Attendez-vous, inspecteur, à ce que le vieil A. B. C. vous donne encore pas mal de fil à retordre. Il ne se laissera pas prendre aisément.

Piqué dans son amour-propre, l'inspecteur éprouva le besoin de satisfaire la curiosité de son interlocuteur.

— L'idiot nous a, cette fois, avertis suffisamment à temps. Le 11 septembre tombe le vendredi de la semaine prochaine, ce qui nous permet de mener une forte campagne de presse. Tout Doncaster sera renseigné, afin que tous les habitants dont le nom commence par un D se tiennent sur leurs gardes. La ville entière demeurera sous la surveillance de la police; nous avons déjà pris nos dispositions. La population de Doncaster, guidée par la police, fera la chasse à l'homme... et avec un peu de chance nous l'attraperons!

Clarke répliqua d'une voix calme :

— On voit bien que vous n'êtes pas un sportif, inspecteur.

Crome ouvrit de grands yeux.

— Qu'entendez-vous par là, monsieur Clarke?

— Voyons, vous ignorez que vendredi prochain le Saint-Léger va se courir à Doncaster?

La figure de l'inspecteur s'allongea. Pour une fois, il lui fut impossible d'articuler son : « Ah! bah! » habituel. Il se contenta de dire :

— C'est vrai. Voilà qui complique les choses...

— A. B. C. n'est pas si fou que vous le croyez.

Atterrés par cette révélation, nous gardâmes le silence pendant quelques secondes. Enfin, Poirot murmura :

— Ça, c'est rudement bien imaginé.

— Selon moi, dit Clarke, le meurtre aura lieu sur le champ de courses pendant que se disputera le Saint-Léger.

A cette idée, ses goûts sportifs semblaient se délecter.

L'inspecteur Crome se leva et prit la lettre.

— Cette course va tout gâter, fit-il en sortant.

Nous entendîmes un brouhaha de voix dans le corridor et une minute après Thora Grey entra.

Elle dit, d'une voix inquiète :

— L'inspecteur vient de m'apprendre l'arrivée d'une nouvelle lettre. Où le crime sera-t-il commis cette fois?

Il pleuvait au-dehors. Thora Grey portait un

manteau noir et une fourrure. Un petit chapeau noir était perché sur le côté de sa tête.

La main posée sur le bras de Franklin Clarke, elle attendait la réponse de celui-ci.

— Doncaster... le jour du Saint-Léger.

La discussion devint générale. Bien entendu, nous avions tous l'intention de nous rendre à Doncaster ce jour-là, mais évidemment la course venait bouleverser nos plans de bataille.

J'éprouvai une impression de découragement. Que pouvait faire ce petit groupe de six personnes, malgré toute sa bonne volonté? Un fort déploiement de police se trouverait sur les lieux et surveillerait le moindre recoin. A quoi serviraient ces six paires d'yeux supplémentaires?

Comme en réponse à mes pensées, Poirot éleva la voix. Il parlait à la façon d'un professeur, d'un prêtre.

— Mes enfants, nous dit-il, ne dispersons point nos forces. Abordons les faits avec ordre et méthode. Cherchons la vérité en nous. Que chacun s'interroge et se dise : « Que sais-je du meurtrier? » Ainsi nous nous composerons un portrait de l'homme que nous cherchons.

— Nous ne savons rien de lui, soupira Thora Grey, en désespoir de cause.

— Erreur, mademoiselle. Tous nous savons quelque chose de lui... Réfléchissons bien. Je suis convaincu que nous y arriverons.

Clarke hocha la tête.

— Nous ignorons tout de cet individu. Est-il jeune ou vieux, blond ou brun? Aucun de nous ne l'a vu, ne lui a parlé! Nous avons déjà dit et redit tout ce que nous savions.

— Pas tout! Par exemple, Miss Grey nous a déclaré qu'elle n'avait parlé à personne le jour du meurtre de Sir Carmichael Clarke.

Thora Grey insista.

— C'est la pure vérité.

— Voyons, mademoiselle, Lady Clarke nous a dit que, de sa fenêtre, elle vous avait vue debout sur le perron, parlant à un inconnu.

— Elle m'a vue parler à quelqu'un?

L'étonnement de la jeune fille paraissait sincère. Ce regard pur et limpide ne pouvait mentir.

Elle hocha la tête.

— Lady Clarke a dû se tromper. Je n'ai jamais... Oh!...

Une exclamation jaillit de ses lèvres. Le sang lui colora vivement les joues.

— Oh! je me souviens à présent. Que je suis donc sotte! Je ne me rappelais plus du tout cet incident insignifiant. Il s'agit d'un de ces colporteurs qui vont de maison en maison vendre des bas... J'ai même eu de la peine à me débarrasser de celui-ci. Au lieu de sonner, il m'interpella : c'était un homme à l'air inoffensif, sans doute est-ce pourquoi je n'y ai pas pensé depuis.

Poirot serra sa tête dans ses mains. Tout en se balançant de façon bizarre, il se parlait à lui-même avec une telle véhémence que tout le monde se tut et leva vers lui un regard étonné.

— Des bas... des bas... des bas! murmurait-il. Ah! ça vient... Ça y est! Des bas... des bas... c'était un prétexte pour s'introduire chez ses victimes. Il y a trois mois... l'autre jour encore... et à présent... Cette fois, je le tiens!

Il se redressa subitement et se tourna vers moi.

— Vous souvenez-vous, Hastings? La boutique d'Andover... Quand nous sommes montés à la chambre à coucher, nous avons remarqué, sur une chaise, une paire de bas de soie toute neuve. A présent, je sais ce qui a éveillé mon attention lors de notre dernière réunion. (Il s'adressa brusquement à Miss Megan.) C'est vous, mademoiselle, lorsque vous avez dit que vous aviez trouvé votre mère en larmes devant une paire de bas de soie qu'elle avait achetée pour votre sœur le jour même du meurtre de la pauvre enfant...

Ses yeux firent le tour des personnes assemblées :

— Vous comprenez? Trois fois le même prétexte. Il ne saurait s'agir d'une coïncidence. J'eus l'impression que les paroles de mademoiselle correspondaient à un vague souvenir. Maintenant je sais de quoi il retourne : Mme Fowler, la voisine de Mme Ascher, se plaignait aussi de ces gens qui vont de porte en porte offrir des marchandises... et elle a justement parlé de paires de bas. Dites-moi, mademoiselle Megan, savez-vous si votre mère avait acheté ces bas dans un magasin, ou à un homme qui se présenta chez vous?

— A présent, je me souviens qu'elle les a achetés à un marchand ambulant : elle a même eu un mot de pitié pour ces malheureux sans situation qui essaient de vendre des articles d'une maison à l'autre.

— Quel rapport établissez-vous entre l'assassin et un pauvre diable qui vend des bas?

— Je vous le répète, mes amis, il ne peut y avoir ici coïncidence. Trois meurtres ont été commis... et chaque fois un homme s'est introduit chez les victimes sous prétexte d'y vendre des bas.

Se tournant vivement vers Thora, il ordonna :

— A vous la parole! Décrivez l'extérieur de cet homme.

La jeune femme parut troublée.

— Je ne le puis... je ne sais pas... Je crois qu'il portait des lunettes... et un vieux pardessus...

— Mieux que cela, mademoiselle...

— Il avait les épaules voûtées. Je ne sais plus... Je l'ai à peine regardé. Il appartenait à ce genre d'individus de qui on ne peut rien dire.

Poirot déclara, d'un ton sentencieux :

— Mademoiselle, vous avez raison. Tout le

secret de ces assassinats successifs réside dans le signalement que vous venez de nous fournir du meurtrier... car, cela ne fait aucun doute, cet homme était le meurtrier. Il est de ceux dont on ne peut rien dire! C'est cela même... Vous avez parfaitement dépeint l'assassin!

CHAPITRE XXII

(*Ce chapitre ne fait point partie du récit du capitaine Hastings.*)

M. Alexandre-Bonaparte Cust demeurait immobile. Il n'avait pas encore touché à son déjeuner déjà froid sur son assiette. Un journal appuyé contre la théière retenait toute son attention.

Soudain il se leva, fit quelques pas dans sa chambre, puis s'assit dans un fauteuil près de la fenêtre. Poussant une sorte de grognement, il enfouit sa tête dans ses mains.

Il n'entendit pas la porte s'ouvrir. Mme Marbury, sa logeuse, se tenait sur le seuil de la pièce.

— Monsieur Cust, vous plairait-il de... Mais, que se passe-t-il? Cela ne va pas?

M. Cust leva la tête.

— Ce n'est rien, madame Marbury. Je... je ne me sens pas tout à fait en forme ce matin.

Mme Marbury jeta un coup d'œil sur le plateau.

— En effet, vous n'avez même pas goûté à votre déjeuner. Souffrez-vous encore de ces migraines?

— Non. Ou plutôt si... On dirait que la tête me tourne...

— En ce cas, monsieur Cust, interdiction de sortir aujourd'hui.

M. Cust se redressa vivement :

— Il faut que j'aille en tournée. Les affaires ne peuvent attendre. C'est important, très important.

Ses mains tremblaient. Le voyant aussi agité, Mme Marbury essaya de le calmer.

— Evidemment, s'il est indispensable que vous sortiez, inutile de discuter. Vous allez loin, cette fois?

— Non, simplement à... (Il hésita un instant.) à Cheltenham.

— C'est une très jolie ville, dit Mme Marbury, histoire de bavarder. Je m'y suis rendue une fois de Bristol. Il y a de jolis magasins.

— Oui... je crois...

Mme Marbury se baissa pour ramasser le journal qui gisait, tout froissé, sur le parquet. Elle se releva péniblement, car sa forte corpulence se refusait à cette gymnastique.

— On ne parle plus dans les journaux que de cette suite de crimes, dit-elle, parcourant les manchettes avant de poser le journal sur la table. Ces histoires-là me mettent les nerfs en pelote, aussi je ne les lis pas. Cela ressemble tellement à du « Jack l'Eventreur »!

M. Cust remua les lèvres, mais aucun son n'en sortit.

— C'est à Doncaster qu'il va commettre son prochain assassinat, poursuivit Mme Marbury. Demain! Cela vous fiche la chair de poule rien que d'y penser... Si j'habitais Doncaster et que mon nom commençât par un D, je prendrais immédiatement le premier train en partance. Je ne voudrais pas risquer ma peau. Qu'en dites-vous, monsieur Cust?

— Rien, madame Marbury... Rien.

— En outre, c'est le jour des courses. Il croit sans doute l'occasion plus favorable pour lui. Mais il y a, dit-on, des centaines de policiers arrivés dans le pays et il en débarque toujours. Oh! monsieur Cust, vous paraissez souffrant! Si je vous apportais un petit cordial? Vraiment, vous ne devriez pas bouger d'ici aujourd'hui.

M. Cust se leva :

— Il est absolument nécessaire que je sorte, madame Marbury. Jusqu'ici, j'ai toujours tenu mes engagements avec la plus stricte pontualité. L'exactitude inspire confiance aux gens. Quand j'ai fait une promesse, je la tiens. C'est le seul moyen de réussir... en affaires.

— Tout de même, si vous êtes malade?

— Je ne suis pas malade, madame Marbury... j'ai seulement quelques ennuis personnels. J'ai mal dormi. Voilà tout.

Le voyant tout à fait décidé, Mme Marbury prit le plateau du déjeuner et quitta la chambre à contrecœur.

M. Cust tira une valise de dessous son lit et se mit à la remplir. Il y fourra un pyjama, un sac à éponge, un faux col propre et des pantoufles de cuir. Puis, ouvrant une armoire, il prit sur un des rayons une douzaine de boîtes plates en carton d'environ trente centimètres sur vingt et les rangea dans sa valise.

Il jeta un coup d'œil sur l'horaire des chemins de fer qu'il laissa sur la table et sortit, sa valise à la main.

Il la déposa dans le vestibule pour mettre son chapeau et son pardessus et poussa un si gros soupir que la jeune fille qui, à ce même moment, sortait d'une pièce voisine, s'intéressa à lui.

— Que se passe-t-il donc, monsieur Cust?

— Rien, Miss Lily.

— Pourtant, vous venez de soupirer.

M. Cust lui demanda à brûle-pourpoint :

— Etes-vous sujette aux pressentiments, Miss Lily?

— Ma foi, je ne saurais vous dire... certains jours, il semble que tout va mal, et d'autres, que tout marche comme sur des roulettes.

— Précisément!

M. Cust poussa un nouveau soupir.

— Au revoir, Miss Lily, au revoir. Tout le monde, dans cette maison, s'est toujours montré si bienveillant envers moi, que je ne sais comment exprimer ma gratitude.

— Ne dirait-on pas que vous songez à nous quitter pour de bon? dit Lily en riant.

— Non, bien sûr que non!

— A vendredi, monsieur Cust. Où allez-vous cette fois? Au bord de la mer?

— Non... non... à Cheltenham.

— C'est un bien joli endroit, mais pas si beau qu'à Torquay. Je voudrais bien y passer mes vacances l'année prochaine. A propos, vous y trouviez-vous lors du dernier crime d'A. B. C.? Il a eu lieu près de Torquay, n'est-ce pas?

— Oui... à Churston, mais Churston est situé à une dizaine de kilomètres de Torquay.

— Tout de même, l'émotion a dû être grande dans toute la région. Vous auriez aussi bien pu croiser le meurtrier. Peut-être, sans vous en douter, l'avez-vous même frôlé dans la rue.

— C'est très possible, dit M. Cust avec un sourire ressemblant à une crispation d'angoisse qui frappa Lily Marbury.

— Oh! monsieur Cust, vous avez l'air souffrant.

— Non, non, je suis très bien. Au revoir, Miss Marbury.

Il souleva son chapeau, prit sa valise et sortit prestement de la maison.

— Pauvre vieux! Il est, je le crains, légèrement timbré!

⁂

L'inspecteur Crome disait à son subordonné :

— Dressez-moi une liste de tous les fabricants de bas et une autre de tous leurs représentants... du moins de ces individus qui travaillent à la commission et vendent aux particuliers.

— Il s'agit du cas A. B. C., inspecteur?

— Oui. C'est une idée de M. Hercule Poirot, ajouta-t-il d'un ton dédaigneux. Il n'en sortira probablement rien, mais ne négligeons pas le moindre détail.

— Entendu, inspecteur. M. Poirot a fait des merveilles en son temps, mais je crois qu'il est à présent un peu gaga.

— C'est un charlatan! répliqua l'inspecteur Crome. Un poseur! Cela prend avec certaines gens, mais pas avec moi! Voyons, maintenant, ce qu'il convient de décider pour Doncaster.

***

Tom Hartigan disait, de son côté, à Lily Marbury :

— J'ai aperçu, ce matin, votre vieux retraité.

— Qui ça? M. Cust?

— Lui-même. A la gare d'Euston. Comme d'habitude, il avait l'air d'une âme en peine. Pour moi, le type est un peu détraqué et a besoin qu'on le soigne. D'abord, il a laissé tomber son journal, ensuite son billet. Je lui ai ramassé son billet. Il ne s'était même pas rendu compte qu'il l'avait perdu. Il m'a remercié, mais je doute qu'il m'ait reconnu.

— Rien d'étonnant : il vous a vu seulement passer dans le vestibule, et encore pas très souvent.

Ils firent, en dansant, le tour de la salle.

— Vous dansez à ravir, dit Tom à Lily.

— Ne vous moquez pas de moi, répliqua la

jeune fille en se trémoussant et en se serrant davantage contre son partenaire.

Etroitement enlacés, ils tournoyèrent une deuxième fois autour de la salle.

— Parliez-vous de la gare d'Euston ou de Paddington? demanda brusquement Lily. A laquelle des deux avez-vous vu le vieux Cust?

— A la gare d'Eston.

— Vous en êtes sûr?

— Mais oui! A quoi pensez-vous?

— C'est curieux... il me semblait que, pour se rendre à Cheltenham, on devait prendre le train à Paddington.

— Bien sûr, cependant le vieux Cust n'allait pas à Cheltenham, mais à Doncaster.

— Mais non! A Cheltenham!

— A Doncaster. Je le sais d'autant mieux que j'ai ramassé son billet.

— Eh bien, il m'a dit qu'il partait pour Cheltenham. Je me le rappelle fort bien.

— Vous avez mal compris. Il a pris son billet pour Doncaster. Certaines gens ont toutes les veines. J'ai risqué quelques sous sur *Firefly* pour le Saint-Léger, et j'aimerais bien à voir courir ce canasson.

— Je ne pense pas que M. Cust fréquente les courses. Oh! Tom, pourvu qu'il ne soit pas assassiné! Doncaster est désigné pour le prochain crime d'A. B. C.

— Cust ne court aucun danger. Son nom ne commence point par un D.

— Il aurait pu être assassiné la dernière fois. Il se trouvait à Torquay, près de Churston, quand le dernier meurtre a été commis.

— Pas possible! Voilà une drôle de coïncidence! déclara le jeune homme en riant. Séjournait-il à Bexhill la fois précédente?

Lily fronça les sourcils :

— Il était absent... je me souviens qu'il avait

oublié son maillot de bain. Maman était en train de le raccommoder. Elle m'a dit : « M. Cust est « parti hier sans emporter son maillot. » Et je lui ai répondu : « Ce vieux maillot importe peu pour « l'instant. Si tu savais l'horrible crime qui a été « commis à Bexhill! On a étranglé une jeune « fille! »

Tom riait de la pensée qui se présentait à son esprit :

— Si votre vieux militaire voulait son maillot de bain, c'est qu'il allait au bord de la mer. Dites-moi, Lily, si c'était lui l'assassin?

— Pauvre M. Cust! Il ne ferait pas de mal à une mouche!

Ils continuèrent à danser joyeusement... tout au plaisir de se trouver ensemble.

Mais, en leur subconscient, des pensées s'agitaient vaguement.

CHAPITRE XXIII

LE 11 SEPTEMBRE, A DONCASTER

Doncaster!

Toute ma vie je me souviendrai de cette journée du 11 septembre.

Chaque fois que, devant moi, on parle du Saint-Léger, mon esprit se reporte aussitôt non à la course de chevaux, mais au meurtre.

Lorsque j'essaie d'évoquer mes souvenirs personnels, ce qui ressort au premier chef, c'est une déplorable sensation d'impuissance. Il y avait là Poirot, moi, Clarke, Fraser, Megan Barnard, Thora Grey et Mary Drower. Eh bien, oui! Que pouvions-nous faire?

Nos projets reposaient sur un maigre espoir... sur la chance de reconnaître, dans une foule de milliers de personnes, un homme entrevu voilà un, deux ou trois mois.

Encore convient-il de préciser que, de nous tous, Thora Grey était probablement la seule capable d'identifier le marchand de bas.

La blonde jeune fille avait perdu sa sérénité et son sang-froid. Elle se tordait les mains et, les yeux embués, adressait un appel suppliant à M. Poirot.

— Je serais bien en peine de le distinguer

parmi les autres. Pourquoi ne l'ai-je pas davantage regardé? Que je suis donc bête! Et vous qui comptez tous sur moi pour vous montrer cet homme... Je crains, hélas! de vous décevoir. Même si je le revoyais, peut-être ne le reconnaîtrais-je pas. Je suis une si mauvaise physionomiste!

Malgré les critiques qu'il avait faites naguère sur le compte de la secrétaire de M. Carmichael, Poirot témoignait à la jeune fille une profonde bienveillance. Je compris que mon ami était aussi sensible que moi à la beauté en détresse.

Il lui frappa doucement sur l'épaule.

— Voyons, ma petite, cessez de vous tourmenter. Un peu de courage! En présence de cet homme, vous vous remettrez tout de suite son visage.

— Comment le savez-vous?

— Pour maintes raisons... d'abord, parce que le rouge succède au noir.

— Qu'est-ce que vous chantez là , Poirot? m'écriai-je.

— J'emploie le langage des tables de jeu. A la roulette, le noir peut sortir plusieurs fois de suite, mais il faut bien que tôt ou tard le rouge ait son tour. C'est la loi mathématique du hasard.

— Vous voulez dire que la chance tourne?

— Parfaitement, Hastings. Et voilà où le joueur (et le meurtrier qui, après tout, n'est qu'un joueur de grande envergure, puisqu'il risque, non son argent, mais sa vie) manque de prudence. Parce qu'il a commencé par gagner, il s'imagine qu'il gagnera toujours! Il ne quitte pas la table de jeu à temps, les poches pleines. De même l'assassin qui réussit ses coups se refuse à concevoir l'échec! Il s'approprie tout le crédit de son succès... mais permettez-moi de vous dire, mes amis, que dans tout crime impuni il y a une grande part de veine pour le criminel.

— Vous poussez la comparaison un peu loin, ce me semble, observa Franklin Clarke.

Poirot agita les mains.

— Non, non. Dans le crime, je le répète, entre une grande part de hasard et, pour s'en tirer, il faut avoir la chance de son côté. Exemple : quelqu'un aurait pu pénétrer dans la boutique de Mme Ascher à l'instant où le meurtrier en sortait. Cette tierce personne aurait pu regarder derrière le comptoir, voir la victime et courir après le coupable... ou donner de lui un signalement si complet que la police l'aurait arrêté sur l'heure.

— Evidemment... c'est possible, admit Clarke. Cela revient à dire que le meurtrier court toujours un risque.

— Précisément. Un meurtrier est toujours un joueur, et comme tous les joueurs, il ne connaît pas de mesure. A chaque nouveau méfait, il s'enorgueillit davantage de son habileté. Il perd le sens des proportions. Il ne dit point : j'ai été adroit et chanceux, mais seulement : j'ai agi avec adresse. Le succès accroît sa confiance en lui-même, jusqu'au jour où la boule tourne, et alors, mes amis, la couleur change et le croupier annonce : « Rouge! »

— Vous croyez que les choses se passeront ainsi cette fois? demanda Megan, rapprochant ses sourcils.

— Elles se produiront tôt ou tard! Jusqu'ici la chance a favorisé le criminel... tôt ou tard, elle tournera vers nous. Je crois qu'elle a déjà tourné! Cette histoire de bas marque le commencement de sa perte. Bientôt, tout ira mal pour lui et lui-même commettra des bévues...

— Voilà qui est rassurant, déclara Franklin Clarke. Nous avons tous besoin d'un petit encouragement. Depuis mon réveil, j'ai l'impression que nous ne pourrons pas grand-chose.

— Quant à moi, il me semble que notre intervention est bel et bien vouée à un échec, dit Donald Fraser.

Megan le rappela à l'ordre.

— Ne soyez pas défaitiste, Don.

Mary Drower déclara, en rougissant légèrement :

— Sait-on jamais! Ce monstre est ici; nous aussi, du reste... Souvent on tombe sur les gens de la façon la plus inattendue.

— Si seulement nos efforts pouvaient aboutir à quelque résultat! répliquai-je.

— N'oubliez pas, Hastings, que la police agit de son mieux. Des inspecteurs spéciaux ont été appelés. L'inspecteur Crome a peut-être des manières agaçantes, mais c'est un remarquable policier et le colonel Anderson ne manque point d'activité. Ils ont pris toutes les mesures nécessaires pour assurer la surveillance de la ville et du champ de courses. Partout se promèneront des policiers en civil. De surcroît, la campagne de presse a mis le public sur ses gardes.

Donald Fraser hocha la tête.

— Pour moi, notre assassin s'abstiendra de mettre sa promesse à exécution... ou bien il est complètement fou!

— Malheureusement, il l'est, dit Clarke d'un ton sec. Qu'en pensez-vous, monsieur Poirot? Abandonnera-t-il la partie ou accomplira-t-il sa menace?

— Son obsession est si forte qu'il ne pourra y résister! Manquer de parole serait de sa part admettre l'échec et son orgueil de déséquilibré ne saurait s'y résoudre. Il nous reste un espoir : le prendre sur le fait.

De nouveau, Donald hocha la tête.

— Il agira avec une ruse extrême.

Poirot consulta sa montre. Ce fut le signal de la séparation. Nous avions, en effet, décidé de nous mettre en campagne dès le début de la journée; le matin, nous circulerions dans les rues et l'après-midi, nous nous posterions à différents points du champ de courses.

Je dis « nous ». En ce qui me concernait, cette manœuvre n'avancerait guère les choses, car, selon toute probabilité, jamais je ne m'étais trouvé en présence d'A. B. C. Comme nous devions nous séparer pour parcourir une plus grande partie de la ville, je m'offris pour accompagner une des jeunes filles.

Poirot accepta cette suggestion... avec un léger clignement d'œil.

Ces demoiselles sortirent pour remettre leurs chapeaux et Donald Fraser demeura devant la fenêtre, perdu dans ses pensées.

Franklin Clarke jeta un coup d'œil de côté, puis, constatant que le jeune homme était trop distrait pour supposer qu'il pût l'entendre, il baissa la voix et s'adressa à Poirot.

— Ecoutez, monsieur Poirot, je sais que vous êtes allé à Churston voir ma belle-sœur. Vous a-t-elle dit... ou a-t-elle fait devant vous allusion... enfin a-t-elle parlé de...

Il s'arrêta, l'air embarrassé.

Poirot lui demanda, avec une candeur bien simulée, mais qui éveilla mes soupçons :

— Hein? Qu'a dit votre belle-sœur? Et à quoi a-t-elle fait allusion...

Franklin Clarke rougit.

— Vous pensez sans doute que le moment est mal choisi pour parler de ses affaires personnelles...

— Du tout!

— J'aimerais cependant à mettre certaines questions au point.

— Excellente idée!

A ce moment, je devinai que Clarke suspectait Poirot de dissimuler une satisfaction intérieure.

Il poursuivit, plutôt gauchement :

— Ma belle-sœur est une personne charmante; j'ai toujours éprouvé pour elle une vive amitié... mais depuis longtemps elle est très malade... et on lui fait avaler quantité de drogues... ce qui la porte à s'imaginer toutes sortes de choses sur les autres!

— Ah!

Cette fois, je ne pus me méprendre sur le clignement d'œil de Poirot.

Mais Franklin Clarke, absorbé dans sa mission diplomatique, ne le remarqua point.

— C'est au sujet de Thora... Miss Grey, dit-il.

— Oh! vous voulez parler de Miss Grey? fit Poirot sur un ton d'innocente surprise.

— Oui. Lady Clarke s'est fourré des tas d'idées dans la tête. Vous comprenez... Thora... Miss Grey est plutôt jolie...

— Oui, concéda mon ami.

— Et les femmes, même les meilleures, manquent souvent d'indulgence envers leurs congénères. Thora rendait d'imenses services à mon frère... il ne cessait de me dire qu'il n'avait jamais eu de meilleure secrétaire. Il lui témoignait une grande affection, à laquelle on n'aurait pu rien trouver à redire. Thora n'est pas de ces intrigantes...

— Non, dit Poirot.

— Mais ma belle-sœur a été prise du démon de la jalousie. Elle n'a jamais rien trahi de ses sentiments, mais après la mort de Car, lorsqu'il fut question de garder Miss Grey, Charlotte s'y est nettement refusée. Selon l'infirmière, il faudrait attribuer cette intransigeance à la maladie... à la morphine, et ne point trop blâmer Charlotte...

Il fit une pause.

— Et alors? dit Poirot.

— Je désire vous faire comprendre, monsieur

Poirot, que ce renvoi a seulement pour cause des divagations d'une femme malade. Tenez — et il fouilla dans sa poche — voici une lettre que m'écrivait mon frère lors de mon voyage en Malaisie. Lisez-la, je vous prie, afin d'apprécier par vous-même la nature des rapports qui existaient entre Car et sa secrétaire.

Poirot prit la lettre. Franklin se plaça à côté de lui et, de l'index, désigna certains passages, qu'il lut à haute voix :

« — ... ici tout suit son petit traintrain. Char-
« lotte souffre un peu moins. Je souhaiterais pou-
« voir t'apporter de meilleures nouvelles. Te sou-
« viens-tu de Thora Grey? Elle est toujours char-
« mante et sa présence ici me procure un grand
« réconfort. Sans elle, je ne sais ce que je serais
« devenu. L'intérêt qu'elle prend à mes recher-
« ches n'a jamais changé. Elle possède un goût
« exquis pour les belles choses et partage ma
« passion pour l'art chinois. Je me félicite de
« l'avoir rencontrée. Ma propre fille ne me témoi-
« gnerait pas plus de gentillesse et de dévoue-
« ment. Elle a eu une vie plutôt difficile et pas
« toujours gaie et je suis heureux qu'elle trouve
« au milieu de nous un foyer et une sincère affec-
« tion. »

— A présent, poursuivit Franklin, vous pouvez juger quels étaient les sentiments de mon frère envers Miss Grey. Il la considérait comme sa fille. Je trouve injuste que, sitôt après la mort de Car, sa femme ait flanqué Thora à la porte! Parfois les femmes sont de vrais démons, monsieur Poirot.

— Vous oubliez que votre belle-sœur est aussi malade au physique qu'au moral.

— C'est vrai. Voilà pourquoi je m'efforce d'être indulgent. Cependant, je tenais à vous montrer cette lettre. Je craignais que vous ne conceviez une mauvaise opinion de Thora après ce que Lady Clarke a pu vous dire sur elle.

Poirot lui rendit la lettre.

— Tranquillisez-vous, je ne juge point les gens d'après les racontars. Je me forme un avis par moi-même.

— Ma foi, dit Clarke en ramassant la lettre, je ne regrette pas de vous en avoir fait prendre connaissance. Ah! voici ces demoiselles. Il est temps de nous mettre en campagne.

Comme je m'apprêtais à sortir, Poirot me rappela :

— Etes-vous toujours décidé à faire partie de l'expédition, Hastings?

— Oui. Je m'en voudrais de demeurer ici inactif.

— Que faites-vous de l'activité spirituelle, Hastings?

— Là-dessus, vous vous y entendez mieux que moi.

— Vous avez incontestablement raison, Hastings. Alors, vous comptez accompagner une de ces jeunes personnes?

— C'est mon intention.

— Et laquelle honorerez-vous de votre compagnie?

— Ma foi... euh... je n'y ai pas encore songé.

— Que diriez-vous de Miss Barnard?

— Elle est trop indépendante d'allures, répliquai-je.

— Miss Grey?

— Elle me conviendrait mieux.

— Mon cher Hastings, vous ne saurez jamais cacher vos sentiments pervers. Dès le début, vous ne songiez qu'à passer la journée avec votre ange blond.

— C'est vrai, Poirot!

— Excusez-moi de bouleverser vos plans, mais

je vous demanderai de servir d'escorte à une autre personne.

— Qu'à cela ne tienne! Je crois bien que vous avez un faible pour Miss Megan Barnard, la poupée hollandaise.

— Non. En attendant, soyez donc le cavalier servant de Mary Drower... que je vous conjure de ne pas quitter d'une semelle.

— Pourquoi donc, Poirot?

— Parce que, mon cher ami, son nom commence par un D. N'abandonnons rien au hasard.

D'abord, je me dis que Poirot exagérait. Mais, après réflexion, je compris la justesse de cette remarque. Si A. B. C. nourrissait une haine fanatique contre Poirot, il se tenait peut-être au courant des dispositions prises par mon ami. En ce cas, la suppression de Mary Drower pouvait lui paraître un coup excellent pour son quatrième meurtre.

Je promis d'entourer cette jeune personne de toute la vigilance nécessaire.

Je laissai Poirot assis près de la fenêtre.

Devant lui se trouvait un petit jeu de roulette. Il fit tourner la boule et, comme j'allais franchir le seuil de la pièce, il me rappela :

— Rouge! Excellent signe. La chance va tourner, Hastings!

CHAPITRE XXIV

(*Ce chapitre ne fait point partie du récit du capitaine Hastings.*)

M. Leadbetter étouffa un grognement d'impatience lorsque son voisin se leva et fit un faux pas en passant devant lui. Il laissa tomber son chapeau sur le fauteuil de devant et se baissa pour le ramasser.

Tout cela au moment le plus pathétique de *Aux petits des oiseaux*, ce film dramatique et sentimental que M. Leadbetter désirait voir depuis une semaine.

L'héroïne aux cheveux d'or, rôle interprété par Katherine Royal, la meilleure actrice de cinéma du monde entier, selon M. Leadbetter, lançait un cri d'indignation :

« Jamais! Je préférerais mourir de faim. Mais ce malheur n'arrivera pas. Rappelez-vous ces paroles : Aux petits des oiseaux... »

Irrité, M. Leadbetter remuait la tête à droite, puis à gauche. Pourquoi diantre les gens éprouvaient-ils le besoin de quitter la salle avant la fin du film... et à un moment aussi pathétique.

Ah! enfin, le raseur étant parti, M. Leadbetter voyait de nouveau l'écran tout entier et Katherine Royal devant la fenêtre d'un gratte-ciel de New York.

Maintenant, elle prenait le train, son enfant dans les bras. Comme ils ont de drôles de trains en Amérique! Tout à fait différents des trains anglais!

Ah! Steve était de retour dans sa cabane des montagnes...

Le film se poursuivit pour se terminer sur une note sentimentale et à demi religieuse.

M. Leadbetter poussa un soupir de satisfaction.

Lorsque la lumière reparut dans la salle, il se leva lentement, clignant légèrement des yeux.

Il ne se hâtait jamais de quitter le cinéma. Un long moment lui était nécessaire avant de se replonger dans les réalités de l'existence quotidienne.

Il risqua un coup d'œil autour de lui. Les spectateurs étaient peu nombreux. La foule s'égaillait maintenant sur le champ de courses. M. Leadbetter désapprouvait les courses, les cartes, la boisson et le tabac; cela lui laissait plus d'enthousiasme pour le cinéma.

Chacun se pressait vers la sortie. M. Leadbetter se mit en mouvement à son tour. L'homme occupant le fauteuil devant lui dormait... affalé dans son fauteuil. Le fait qu'on pût s'endormir en regardant *Aux petits des oiseaux* indigna M. Leadbetter.

Un monsieur irrité disait au dormeur, dont les jambes allongées barraient le passage :

— Pardon, monsieur.

Arrivé à la sortie, M. Leadbetter jeta un regard en arrière.

Il remarqua quelque effervescence dans la salle. Un policier... un rassemblement... Sans doute cet homme censément endormi était-il simplement ivre-mort...

Il hésita, passa son chemin, et perdit ainsi le spectacle le plus sensationnel de la journée.

— Vous avez raison, je crois, monsieur, disait

le policier. Cet homme est malade... Eh bien, monsieur, qu'est-ce qui ne va pas?

L'autre regarda sa main et poussa une exclamation en la voyant souillée d'un liquide rouge et épais.

— Du sang...

Le policier jeta un cri angoissé.

Il venait d'apercevoir un coin de papier jaune sous le siège.

— Tonnerre! s'écria-t-il. Encore un crime signé A. B. C.!

CHAPITRE XXV

(*Ce chapitre ne fait point partie du récit du capitaine Hastings.*)

M. Cust, sortant du *Regal Cinéma*, contempla le ciel.

— Belle soirée... temps splendide...

Une citation de Browning lui vint à la tête :

— Dieu est dans mon ciel. Tout va bien ici-bas.

Il goûtait particulièrement ce passage, mais, hélas! il avait trop souvent constaté que rien n'était plus faux.

Il se pressa le long de la rue, le sourire aux lèvres, et arriva à l'hôtel du Cygne Noir, où il logeait.

Il grimpa à sa chambre, une petite pièce étouffante au second étage, donnant sur une cour intérieure pavée et un garage.

Comme il poussait la porte, son sourire disparut brusquement. Il venait de remarquer une tache sur le bas de sa manche. Il la toucha pour mieux se rendre compte : humide et rouge... du sang...

Il plongea la main dans sa poche et en tira un objet long et mince : un couteau. La lame de cet instrument était également gluante et rouge...

M. Cust s'assit et demeura un long moment immobile.

Il regardait autour de la chambre comme un animal traqué, et passait fiévreusement sa langue sur ses lèvres.

— Ce n'est pas ma faute, dit-il enfin.

On eût dit qu'il discutait avec quelqu'un : il ressemblait à un écolier pris en faute et plaidant sa cause devant son instituteur.

De nouveau, sa langue humecta ses lèvres.

Il passa encore son doigt sur la tache.

A cet instant, il aperçut la cuvette sur la table de toilette.

Une minute après, il versa de l'eau d'un vieux pot à eau dans la cuvette, ôta sa veste, lava la manche, puis la rinça soigneusement.

— Sapristi! A présent l'eau devient rouge...

On frappait à la porte.

Cust demeurait figé, comme cloué sur place, le regard fixe.

La porte s'ouvrit. Une jeune servante parut, un pot d'eau à la main.

— Oh! pardon, monsieur. Votre eau chaude, monsieur.

L'interpellé réussit à répondre :

— Merci... je me suis lavé à l'eau froide...

Pourquoi avait-il dit cela? Les yeux de la domestique allèrent droit à la cuvette.

Il ajouta aussitôt :

— Je ... je me suis coupé la main.

Il y eut une pause, une longue pause, avant qu'elle prononçât :

— Ah! oui! Je vois, monsieur.

Elle sortit et referma la porte.

M. Cust ne bougea pas plus que s'il eût été métamorphosé en statue.

Le moment était venu... enfin.

Il prêta l'oreille.

Des gens montaient-ils l'escalier?

Il n'entendait rien, sauf le battement de son propre cœur.

Puis soudain, de l'immobilité glacée, il passa à une fiévreuse activité.

Il endossa sa veste, marcha jusqu'à la porte sur la pointe des pieds et ouvrit. Jusqu'ici, aucun bruit, excepté le brouhaha familier montant du bar. Il descendit l'escalier avec mille précautions.

Toujours personne. Quelle veine! Il s'arrêta au pied de l'escalier. Quelle direction choisir?

Prenant une décision, il s'élança dans le corridor et sortit par la porte de la cour. Deux chauffeurs se trouvaient là en train de réparer des voitures et discutant les mérites des gagnants de la course.

M. Cust traversa la cour à la hâte et déboucha dans la rue.

Il prit le premier tournant à droite... puis à gauche, et encore à droite.

Oserait-il se rendre à la gare?

Pourquoi pas? Là, il y aurait de la foule... des trains supplémentaires. Si la chance le favorisait, il s'en tirerait sans encombre. Si au moins la chance était pour lui!

CHAPITRE XXVI

(*Ce chapitre ne fait point partie du récit du capitaine Hastings.*)

M. Crome écoutait les commentaires émus de M. Leadbetter.

— Quand je pense, inspecteur, que cet assassin se trouvait assis près de moi pendant toute la séance, le sang se glace dans mes veines.

Complètement indifférent à la température sanguine de M. Leadbetter, Crome lui répondit :

— Je vous en prie, racontez les choses comme elles se sont passées. Cet individu a quitté la salle vers la fin du film...

— *Aux petits des oiseaux...* Katherine Royal, murmura machinalement M. Leadbetter.

— En passant devant vous, il fit un faux pas...

— Il fit semblant de trébucher, je m'en rends compte maintenant. Il se pencha sur le fauteuil de devant pour ramasser son chapeau. C'est à ce moment qu'il a dû frapper.

— Et vous n'avez rien entendu? Pas un cri? Pas un râle?

Hormis les déclarations de Katherine Royal, M. Leadbetter n'avait rien entendu, mais sa vive imagination lui venait en aide, il émit une sorte de grognement.

L'inspecteur Crome lui demanda de poursuivre.

— Alors, il s'en alla...
— Pourriez-vous nous donner son signalement?
— C'était un homme très fort, d'au moins dix pieds de haut... un géant.
— Blond ou brun?
— Je ne saurais préciser. Je crois qu'il était chauve. Il avait l'air sinistre.
— Ne boitait-il pas? demanda l'inspecteur Crome.
— Si... si... maintenant que vous en parlez, il me semble qu'il boitait. Il était bronzé comme un mulâtre.
— Avait-il pris place près de vous lorsque la salle s'éclaira pour la dernière fois?
— Non. Le grand film était déjà commencé quand il arriva.
L'inspecteur hocha la tête, tendit à M. Leadbetter un document à signer, puis se débarrassa de lui.
— On ne pourrait trouver de plus piètre témoin, observa-t-il tout déçu. On lui fait dire ce qu'on veut. De toute évidence, il ne sait pas comment était cet homme. Rappelez le policier de service.
L'allure raide et militaire, le constable entra et se mit au garde-à-vous, les yeux fixés sur le colonel Anderson.
— Maintenant, Jameson, racontez-nous ce que vous avez vu.
Jameson fit le salut militaire.
— Voici, mon colonel. Vers la fin de la séance, on me dit qu'un monsieur venait de se trouver mal. Je m'approche. Je vois un homme affaissé sur son fauteuil et qui ne remuait pas. Un des spectateurs qui l'entouraient lui posa la main sur l'épaule et poussa un cri. Du sang lui tachait la main. Il était clair que le monsieur était mort... poignardé. Mon attention fut attirée par un horaire des chemins de fer A. B. C. sous le fauteuil

de la victime. Suivant la consigne, je ne touchai point à ce guide et alertai aussitôt le poste.

— Très bien, Jameson, vous avez fait votre devoir.

— Merci, mon colonel.

— Avez-vous remarqué un homme qui a quitté une place voisine, cinq minutes auparavant?

— J'en ai vu plusieurs, mon colonel.

— Pourriez-vous nous les décrire?

— J'ai remarqué M. Geoffret Parnell, puis un jeune homme, Sam Baker, avec sa fiancée, mais pas les autres en particulier.

— C'est dommage. Vous pouvez disposer, Jameson.

— Bien, mon colonel.

Le policier salua et sortit.

— Les constatations médicales ont eu lieu. Faisons appeler le témoin suivant, dit le colonel Anderson.

Un constable entra et salua :

— M. Hercule Poirot est ici, mon colonel, en compagnie d'un autre gentleman.

L'inspecteur Crome fronça le sourcil.

— Euh... oh... faites-le entrer, dit-il enfin.

CHAPITRE XXVII

LE CRIME DE DONCASTER

Me précipitant sur les talons de Poirot, je constatai que l'inspecteur Crome et le chef constable avaient l'air bien soucieux et déprimés.

Le colonel nous accueillit d'un salut et dit poliment :

— Monsieur Hercule Poirot, je me félicite de votre présence parmi nous. Nous voici donc en présence du quatrième crime.

— Un autre meurtre d'A. B. C.?

— Oui... et audacieux, je vous prie de le croire. L'homme s'est penché et a plongé une lame dans le dos de la victime.

— Ah! cette fois il a poignardé?

— Il varie un peu sa manière, n'est-ce pas? Le coup sur la tête, puis l'étranglement, maintenant le couteau. Voici le rapport médical, si vous tenez à en prendre connaissance.

Il poussa le papier vers Poirot.

— Un guide A. B. C., se trouvait à terre, sous le fauteuil de la victime, ajouta-t-il.

— Le cadavre a-t-il été identifié? demanda Poirot.

— Oui... et pour une fois A. B. C. a sauté une lettre, si cela peut nous apporter quelque consolation. La victime se nomme Earlsfield... George Earlsfield. Barbier de profession.

— Curieux, murmura Poirot.

— Il s'est trompé d'une lettre, observa le colonel.

Mon ami hocha la tête d'un air soupçonneux.

— Voulez-vous que nous entendions le prochain témoin? demanda Crome. Il est pressé de rentrer chez lui.

— Bien, faites-le venir.

Un homme d'âge mûr, dont le physique rappelait assez celui d'une grenouille, entra. Il paraissait très agité et parlait d'une voix aiguë.

— Je n'ai jamais vu chose pareille, gémissait-il. J'ai le cœur faible, très faible, j'aurais pu mourir d'émotion.

— Votre nom, je vous prie? lui demanda l'inspecteur.

— Downes. Roger-Emmanuel Downes.

— Votre profession?

— Instituteur à l'école des garçons de Highfield.

— Monsieur Downes, veuillez nous faire le récit de ce qui s'est passé.

— Je puis vous l'expliquer en quelques mots, messieurs. A la fin de la séance, je me suis levé. A ma gauche, le fauteuil était vide, mais le suivant était occupé par un homme assis, qui semblait dormir. Je ne pouvais passer, car ses jambes étaient allongées devant lui. Je le priai de me laisser la place. Comme il ne bougeait pas, je réitérai ma requête sur un ton impératif. Toujours pas de réponse. Alors je le secouai par l'épaule pour le réveiller. Son corps s'affaissa davantage et je crus qu'il était sans connaissance ou sérieusement malade. Je criai : « Hé! il y a quelqu'un de « malade! Allez chercher l'agent de service! » Le policier arriva. Comme je retirais ma main de l'épaule de l'homme, je m'aperçus qu'elle était humide et rouge. Je compris qu'il avait été assassiné. Au même instant, le policier remarqua le guide A. B. C. Croyez-moi, messieurs, j'ai éprouvé une terrible émotion. J'aurais pu mourir d'une embolie. Songez que depuis des années je souffre d'une faiblesse cardiaque.

Le colonel Anderson considérait M. Downes avec une expression bizarre.

— Monsieur Downes, vous pouvez avouer que vous avez de la chance.

— Je comprends, monsieur. Je n'ai même pas ressenti une palpitation.

— Vous ne me saisissez pas tout à fait, monsieur. Vous étiez assis deux fauteuils plus loin, n'est-ce pas?

— En réalité, j'avais pris place à côté de la victime, ensuite je suis allé m'asseoir un peu plus loin, derrière un fauteuil vide.

— Vous êtes à peu près de la même taille et de la même carrure que ce malheureux et vous portez, comme lui, une écharpe de laine.

— Je ne comprends toujours pas, dit sèchement M. Downes.

— Mais écoutez-moi donc : j'essaie de vous expliquer en quoi vous avez eu de la veine. Quand l'assassin vous a suivi, il s'est trompé de dos. Je gage tout ce que vous voudrez, monsieur Downes, que ce coup de couteau vous était destiné!

Si le cœur de M. Downes avait jusque-là résisté à tous les assauts, il flancha devant celui-ci. M. Downes se laissa choir sur une chaise, ouvrit la bouche et devint pourpre.

— De l'eau, clama-t-il, de l'eau!

On lui en apporta un verre qu'il but lentement, et bientôt son teint reprit sa couleur normale.

— Moi? dit-il. Pourquoi moi?

— A mon sens, c'est la seule explication possible, dit Crome.

— Vous croyez que cet individu, ce démon

incarné, ce fou assoiffé de sang m'a suivi pour me frapper au moment propice?

— Je crains bien que oui.

— Au nom du Ciel, pourquoi moi? demanda l'instituteur furieux.

L'inspecteur Crome fut sur le point de répondre : « Pourquoi pas vous? » mais il se contenta d'observer :

— On ne peut s'attendre à ce qu'un détraqué agisse avec raison.

— Dieu soit loué! dit M. Downes, enfin calmé.

Il se leva, apparemment vieilli de dix ans.

— Si vous n'avez plus besoin de moi, messieurs, je retourne chez moi. Je... je ne me sens pas très bien.

— Comme bon vous semblera, monsieur Downes. Je vais vous faire accompagner par un constable, afin que vous rentriez sain et sauf.

— Oh! non, c'est inutile.

— Il vaut mieux qu'on vous accompagne, prononça le colonel d'un ton bourru.

Il lança un coup d'œil de côté à l'inspecteur Crome, qui répondit par un signe de tête également imperceptible.

M. Downes s'en alla, tremblant comme la feuille.

— Je crains bien que cette fois il n'y ait deux victimes, dit le colonel Anderson.

— L'inspecteur Rice a pris ses dispositions : la maison sera gardée.

— Vous pensez, dit Poirot, qu'A. B. C., s'apercevant de sa méprise, récidivera?

— Cela me semble fort possible, répondit Anderson. Notre A. B. C. est un type ordonné et méthodique : lorsqu'il se rendra compte qu'il n'a pas suivi son programme, il piquera une attaque de nerfs.

Poirot hocha pensivement la tête.

Le colonel ajouta d'un ton irrité :

— J'aimerais bien avoir le signalement exact de l'individu. A la vérité, nous ne sommes guère plus avancés qu'au premier jour.

— Prenez patience, lui dit Poirot.

— Vous paraissez bien optimiste, monsieur Poirot. Pour quelles raisons?

— Jusqu'ici, nous n'avons relevé aucune erreur à l'actif du meurtrier. Mais il ne tardera pas à commettre une bévue.

— Alors, vous fondez là-dessus vos espoirs? ricana le chef constable, mais il fut interrompu :

— M. Ball, de l'hôtel du Cygne Noir est ici avec une jeune femme, monsieur. Il croit avoir une intéressante déposition à faire.

— Faites-les entrer, faites-les entrer. Ils seront les bienvenus.

M. Ball, propriétaire de l'hôtel du Cygne Noir était un homme de forte corpulence, à l'esprit lourd, à la démarche traînante. Il exhalait une forte odeur de bière. Il était accompagné d'une jeune femme rondelette, aux yeux en boules de loto et qui semblait en proie à une vive émotion.

— J'espère ne pas vous déranger, messieurs, mais je me suis permis de venir parce que la petite que voici, Mary, désire vous dire certaines choses.

Mary ricana du bout des lèvres.

— Approchez, mon enfant, qu'y a-t-il? demanda Anderson. Comment vous appelez-vous?

— Mary, monsieur, Mary Stroud.

— Eh bien, Mary, nous vous écoutons.

Mary tourna ses yeux ronds vers son patron.

— Comme d'ordinaire, elle montait porter de l'eau chaude aux clients dans leurs chambres, déclara M. Ball, venant à la rescousse. Pour le moment, nous logeons une demi-douzaine de messieurs, quelques-uns venus pour les courses, d'autres pour affaires.

— Bien, bien, dit Anderson, d'un ton d'impatience.

— Vas-y, petite, poursuivit M. Ball. Raconte ton histoire. Maintenant, tu n'as plus de raison d'avoir peur.

Mary poussa un soupir et débita tout d'un trait :

— Je frappe à la porte et on ne me répond pas, sans quoi je ne serais pas entrée, du moins pas avant que le monsieur m'ait dit : « Entrez! » mais comme il n'a rien répondu, j'ai poussé la porte et l'ai surpris là en train de se laver les mains.

Elle s'arrêta pour reprendre haleine.

— Continuez, mon enfant! dit Anderson.

Mary jeta un regard de côté vers son patron, et, comme inspirée par le lent signe de tête approbateur de l'énorme M. Ball, elle se replongea dans son récit.

— C'est votre eau chaude, monsieur », que je lui dis. « Oh! je me suis lavé à l'eau froide », qu'il me répond. Alors, j'ai regardé la cuvettte et, oh! monsieur, l'eau était toute rouge!

— Toute rouge? répéta Anderson.

M. Ball confirma :

— Oui, monsieur, même que la petite m'a dit qu'il avait enlevé son veston et tenait une des manches, encore toute mouillée, n'est-ce pas, Mary?

— Oui, monsieur, je vous le jure.

Et elle ajouta :

— Et il faisait une drôle de tête, monsieur. J'en ai eu peur.

— Quand cet incident s'est-il produit? demanda vivement Anderson.

— Vers cinq heures et quart, autant que je me rappelle.

— Voilà plus de trois heures! s'écria Anderson. Pourquoi n'êtes-vous pas venus ici aussitôt?

— Je n'en savais rien, répliqua Ball. Lorsque la nouvelle d'un autre assassinat nous est parvenue, seulement alors, la petite nous a dit que la cuvette du locataire pouvait bien contenir du sang. Je lui ai demandé l'explication et elle m'a tout raconté. Le fait m'a paru louche, en effet, et je suis monté dans la chambre. Plus personne. J'ai interrogé deux chauffeurs dans la cour : l'un d'eux a vu un homme sortir par là. D'après son signalement, j'ai conclu qu'il s'agissait de mon client. J'ai dit à ma femme que Mary ferait mieux d'aller trouver la police. Cette démarche l'ennuyait, alors je suis venu avec elle.

L'inspecteur Crome saisit une feuille de papier.

— Voulez-vous nous faire le portrait de cet homme? Vite! nous n'avons pas une minute à perdre.

— Taille moyenne, dit Mary. Il était voûté et portait des lunettes.

— Ses vêtements?

— Un costume sombre et un chapeau de feutre. Tenue plutôt dépenaillée.

Elle ne put rien ajouter à ce signalement.

L'inspecteur Crome ne crut pas devoir insister. Bientôt le téléphone transmit les renseignements apportés par Ball, mais ni le chef constable, ni l'inspecteur ne se montrèrent optimistes.

Crome reprit espoir en découvrant que l'homme ne portait ni sac, ni valise au moment où il sortit par la porte de la cour.

— Les bagages, dit Crome. Peut-être nous reste-t-il là une chance.

Deux hommes furent envoyés à l'hôtel du Cygne Noir.

M. Ball, gonflé d'orgueil et du sentiment de son importance, et Mary, les yeux remplis de larmes, les accompagnèrent.

Dix minutes plus tard, le sergent revint.

— J'ai apporté le registre de l'hôtel. Voici la signature du client.

Nous nous approchâmes, avides de curiosité. L'écriture était petite et mal formée, presque illisible.

— A. B. Case, ou Cash? dit le chef constable.

— A. B. C., répéta Crome d'un ton significatif.

— Et les bagages? s'enquit Anderson.

— Une grande valise, monsieur, bourrée de petites boîtes de carton.

— Des boîtes? Que contiennent-elles?

— Des bas, monsieur. Des bas de soie.

Crome se tourna vers Poirot.

— Mes félicitations, dit-il. Votre flair ne vous a pas trompé.

CHAPITRE XXVIII

(*Ce chapitre ne fait point partie du récit du capitaine Hastings.*)

L'inspecteur Crome se trouvait dans son bureau à Scotland Yard.

Du téléphone posé sur sa table de travail sortit un bourdonnement discret.

— C'est Jacob qui vous parle, monsieur. J'ai ici un jeune homme qui vient de me raconter une histoire qu'il serait bon que vous entendiez, monsieur.

L'inspecteur Crome poussa un long soupir. Chaque jour, une vingtaine de gens se présentaient sous prétexte de communiquer d'importants renseignements touchant l'affaire A. B. C. Quelques-uns étaient d'inoffensifs mabouls, d'autres des types bien intentionnés qui croyaient de toute bonne foi à la valeur de leur déclaration. Le sergent Jacob avait pour mission de procéder au filtrage, autrement dit de retenir les dépositions les plus sérieuses.

— Bien, Jacob. Faites-le entrer, dit Crome.

Quelques minutes plus tard, on frappait à la porte et le sergent Jacob introduisait un grand jeune homme, au physique assez agréable.

— Voici M. Tom Hartigan, monsieur. Il veut

vous dire quelque chose qui pourrait concerner le cas A. B. C.

Aimable, l'inspecteur se leva et tendit la main au visiteur.

— Bonjour, monsieur Hartigan. Veuillez vous asseoir. Vous fumez? Prenez donc une cigarette, je vous prie.

Tom s'assit et regarda avec surprise cet homme qu'en son for intérieur il qualifiait de « grosse légume ». L'aspect de l'inspecteur lui causa une déception. Il avait en face de lui un homme, ma foi, comme les autres!

— Vous avez, paraît-il, une révélation intéressante à nous faire. Je vous écoute.

Tom s'exprima avec quelque nervosité.

— Mes renseignements peuvent n'avoir qu'une valeur très relative. C'est simplement une idée à moi. Peut-être même vais-je vous faire perdre votre temps.

De nouveau, l'inspecteur poussa un soupir. Que de temps gaspillé déjà rien qu'à rassurer les gens qui venaient le lui faire perdre!

— Nous verrons bien. Parlez toujours!

— Eh bien, voici. Je suis fiancé et la mère de ma fiancée loue des chambres dans le quartier de Camdem Town. Leur chambre du second est occupée depuis un an par un nommé Cust.

— Cust, dites-vous?

— Oui, monsieur. Un homme d'âge moyen, à l'air mou et complètement effacé. Je crois, cependant, qu'il a connu des jours meilleurs. En tout cas, on le jugerait incapable de la moindre méchanceté et je n'aurais jamais songé à voir rien d'anormal en lui sans un fait assez troublant.

D'une façon plutôt confuse, se répétant à plusieurs reprises, Tom raconta l'incident du billet de chemin de fer que M. Cust avait laissé tomber, par mégarde, lors de leur rencontre inopinée à la gare d'Euston.

— Vous en penserez ce que vous voudrez, monsieur, mais l'incident est plutôt étrange. Lily, ma fiancée, m'a certifié que M. Cust se rendait à Cheltenham, et sa mère l'affirmait également; Mme Marbury se rappelait nettement sa conversation avec M. Cust le matin même de son départ. Sur le moment, je n'y attachai guère d'importance. Lily formula le désir que le brave homme ne se fît pas tuer par A. B. C., en allant à Doncaster, puis elle ajouta que c'était une drôle de coïncidence, leur locataire se trouvant aussi dans les parages de Churston lors du dernier crime. Histoire de plaisanter, je lui demandai s'il n'était pas à Bexhill la fois précédente : elle me répondit qu'elle ne savait pas exactement où, mais ce jour-là il s'était rendu au bord de la mer. Il serait étonnant, lui dis-je, que le vieux Cust fût A. B. C. en personne; à quoi elle répliqua que le pauvre diable ne ferait pas de mal à une mouche. Ce fut tout pour cette fois. Nous n'y pensâmes plus, sauf que, d'une manière vague, je me disais qu'après tout, malgré ses dehors inoffensifs, le malheureux pouvait bien être un déséquilibré.

Tom reprit haleine, puis continua. L'inspecteur Crome l'écoutait très attentivement.

— Après le crime de Doncaster, monsieur, tous les journaux sollicitèrent des renseignements concernant un certain A. B. Case ou Cash, et donnèrent un signalement répondant assez bien à celui du locataire de Mme Marbury. Dès ma première soirée de libre, je passai chez Lily et lui demandai qu'elles étaient les initiales de son M. Cust. Tout d'abord, elle ne s'en souvenait pas, mais sa mère m'apprit que c'était bien A. B. Nous nous efforçâmes dès lors de savoir si Cust s'était absenté le jour du crime d'Andover. Vous comprenez, monsieur, qu'il est difficile d'évoquer des souvenirs vieux de trois mois. Après bien de la peine nous y réussîmes, cependant. Un des frères de Mme Marbury, qui habite le Canada, est arrivé chez elle le 21 juin, sans tambour ni trompette. Elle était fort embarrassée pour le loger, lorsque Lily suggéra que M. Cust étant absent, on pouvait coucher Bert dans sa chambre. Mais Mme Marbury s'y refusa, sous le prétexte qu'il était malhonnête de disposer ainsi des chambres de ses clients. Toujours est-il que ce détail nous permit de fixer la date, le paquebot sur lequel Bert avait pris passage étant entré au port de Southampton ce jour-là.

L'inspecteur Crome avait prêté une vive attention aux paroles du jeune homme. De temps à autre, il avait pris des notes.

— Est-ce tout? demanda-t-il.

— Oui, monsieur. Je vous donne ces renseignements pour ce qu'ils valent. Cependant, j'espère...

Tom rougit légèrement.

— Je vous suis reconnaissant de votre démarche. Votre témoignage est certes minime : les dates peuvent n'être que de pures coïncidences, de même que la similitude de noms. Toutefois, cela justifie une entrevue avec votre M. Cust. Est-il chez lui maintenant?

— Oui, monsieur.

— Quand est-il rentré?

— Le soir du meurtre de Doncaster, monsieur.

— Qu'a-t-il fait depuis?

— Il reste enfermé dans sa chambre, la majeure partie de la journée. Mme Marbury le trouve très bizarre. Chaque jour, il lit quantité de journaux, il descend de bonne heure pour acheter les journaux du matin et il sort à la tombée de la nuit afin de se procurer ceux du soir. Mme Marbury dit qu'il monologue tout seul et prend des allures étranges.

— Quelle est l'adresse de Mme Marbury?

Tom la lui communiqua.
— Merci. J'irai jusque chez elle dans le courant de la journée. Inutile de vous conseiller la discrétion, s'il vous arrive de rencontrer ce M. Cust.
Il se leva et serra la main du jeune homme.
— Je vous remercie encore de votre démarche. Au revoir, monsieur Hartigan.
— Eh bien, inspecteur, dit Jacob en revenant dans la pièce quelques minutes plus tard. Nous tenons notre homme, cette fois?
— Cela promet, répondit l'inspecteur, du moins si les faits rapportés par ce garçon sont exacts. Jusqu'ici nous avons joué de déveine avec les fabricants de bas de soie. Il est temps que nous découvrions une autre piste. Passez-moi donc le dossier du crime de Churston.
Après quelques instants de recherche, il mit la main sur le document.
— Ah! voici. Il s'agit d'une déposition faite à la police de Torquay. Un jeune homme du nom de Hill déclare qu'au moment où il sortait du *Palladium* de Torquay, après le film *Aux petits des oiseaux*, il remarqua un homme d'aspect étrange qui parlait tout seul. Hill l'entendit dire : « Ça, c'est une idée... » *Aux petits des oiseaux*. Est-ce bien le film que l'on jouait au *Regal*, de Doncaster?
— Oui, monsieur.
— Il y a peut-être quelque chose d'intéressant là-dessous. L'idée de son prochain crime lui est probablement venue à ce moment. Nous possédons le nom et l'adresse de Hill. Son signalement de l'individu reste vague mais répond assez à celui qu'en ont donné Mary Stroud et Tom Hartigan.
Il réfléchit un moment.
— Nous brûlons, Jacob, dit l'inspecteur, sans grand enthousiasme, car lui-même était toujours un peu froid dans ses convictions.

— Quels sont vos ordres, inspecteur?

— Mettez deux hommes pour surveiller cette adresse de Camdem Town, mais qu'ils n'effraient pas notre oiseau. Je veux lui parler. Je crois préférable qu'on me l'amène ici sous prétexte de faire une déposition. Il est prêt, paraît-il, à se laisser conduire.

Au-dehors, Tom Hartigan avait rejoint Lily Marbury, qui l'attendait sur le quai de la Tamise.

— Tout s'est bien passé, Tom?

— Oui. J'ai vu l'inspecteur Crome, qui est chargé de l'affaire.

— Comment est-il?

— Je lui trouve l'air d'un petit crevé, pas du tout l'idée que je me faisais d'un détective.

— C'est le nouveau genre, dit Lily avec respect. Quelques-uns sont tout de même très habiles. Qu'a-t-il dit?

Tom donna un bref résumé de l'entrevue.

— Ainsi, on croit réellement que c'est M. Cust?

— Ils ont des doutes. Mais ils iront l'interroger.

— Pauvre M. Cust!

— Pourquoi le plaindre? Si c'est lui le fameux A. B. C., il a quatre crimes sur la conscience.

Lily soupira et hocha la tête.

— C'est affreux.

— A présent, ma petite, allons déjeuner. Songez donc, si nous avons deviné juste, mon nom paraîtra dans les journaux.

— Pas possible, Tom.

— Si. Et le vôtre aussi. Et celui de votre mère. Je pense même qu'on publiera également votre photo.

— Oh! Tom!

Elle prit le bras de son fiancé avec extase.

— En attendant, si nous allions nous restaurer au *Corner House?*

Lily serra un peu plus fort le bras de Tom.

— Alors, vous venez?

— Dans une minute, dit-elle. Il faut que je téléphone.

— A qui?

— A une amie à qui j'avais donné rendez-vous.

Traversant la rue, elle entra dans une cabine téléphonique. Trois minutes plus tard, elle rejoignit son fiancé, les joues légèrement empourprées.

— Cette fois, je vous suis, Tom.

Elle lui reprit le bras.

— Maintenant, racontez-moi votre visite à Scotland Yard. Avez-vous vu l'autre bonhomme?

— Quel autre bonhomme?

— Le Belge. Celui à qui A.. B. C. envoie ses lettres.

— Non. Il n'était pas là.

— Alors, que s'est-il passé lorque vous êtes entré? A qui avez-vous parlé et qu'avez-vous dit?

***

M. Cust replaça lentement le récepteur sur son crochet.

Il se tourna vers Mme Marbury, qui, dévorée de curiosité, se tenait à la porte d'une chambre.

— Il est plutôt rare qu'on vous appelle au téléphone, monsieur Cust.

— Oui... oui, n'est-ce pas?

— J'espère qu'il ne s'agit pas d'une mauvaise nouvelle?

— Non... non...

Que cette femme est curieuse! songea, à part lui, M. Cust. Son œil se porta sur le journal qu'il tenait à la main, et il lut :

Naissances. Mariages. Décès...

— Ma sœur vient de mettre au monde un garçon, proféra-t-il, à tout hasard.

Lui... qui n'avait jamais eu de sœur!

— Oh! mais c'est une joyeuse nouvelle! (Et

dire que, depuis un an, il ne nous a jamais parlé de sa sœur! Voilà bien les hommes, pensait de son côté la bonne dame.) J'ai été fort surprise quand cette personne a demandé à parler à M. Cust. J'ai cru tout d'abord reconnaître la voix de ma Lily, c'était d'ailleurs la même voix, seulement un peu plus forte, plus aiguë. Monsieur Cust, mes félicitations. Est-ce le premier enfant, ou bien avez-vous d'autres neveux et nièces?

— C'est le seul, répondit M. Cust, le seul que j'aie jamais eu et que j'aurai vraisemblablement, mais il faut que je me presse. On attend ma visite immédiate. En me pressant un peu, je puis prendre le prochain train.

— Serez-vous longtemps absent, monsieur Cust? lui cria Mme Marbury comme il montait l'escalier.

— Oh! non, deux ou trois jours seulement.

Il disparut dans sa chambre. Mme Marbury se retira dans la cuisine, doucement émue à la pensée du « cher petit ange ».

Soudain, elle fut prise d'un remords de conscience.

La veille au soir, Tom et Lily n'essayaient-ils point devant elle de rejeter sur M. Cust le crime commis par ce monstre d'A. B. C.? Et cela simplement à cause de ses initiales et de quelques coïncidences de dates.

— Ils ne devaient pas y croire eux-mêmes sérieusement. En tout cas, j'espère qu'ils rougiront d'eux-mêmes.

La naissance d'un bébé chez la sœur de M. Cust avait suffi pour ôter dans le cœur de la brave femme tout soupçon quant à l'honnêteté de son locataire.

— J'aime à croire que tout s'est bien passé pour la maman, se dit Mme Marbury en éprouvant contre sa joue le degré de chaleur de son fer à repasser avant de l'appliquer sur le jupon de soie de Lily.

M. Cust descendit tranquillement l'escalier, un sac à la main. Son regard se posa tranquillement sur l'appareil téléphonique.

Cette brève conversation se répéta comme un écho en son cerveau.

— C'est vous, monsieur Cust? Je crois devoir vous avertir qu'un inspecteur de Scotland Yard se dispose à vous rendre visite.

Qu'avait-il répondu? Il ne le savait plus.

« Merci... merci, chère petite, vous êtes bien aimable... » Quelque chose dans ce goût-là.

Pourquoi lui avait-elle téléphoné? Aurait-elle deviné? Ou bien désirait-elle s'assurer qu'il demeurerait chez lui en attendant la venue de l'inspecteur?

Mais comment savait-elle que l'inspecteur viendrait le voir?

Et cette voix, elle l'avait contrefaite pour parler à sa mère.

Elle devait tout savoir...

Si elle savait... elle n'eût sûrement pas...

Qui sait? Les femmes sont si drôles! A la fois bonnes et cruelles! N'avait-il pas vu un jour Lily rendre la liberté à une souris prise au piège? Excellent cœur, cette petite Lily, et jolie pardessus le marché!

Il s'arrêta auprès du vestiaire chargé de manteaux et de parapluies.

S'il...

Un léger bruit venant de la cuisine lui fit prendre une décision.

Non, il n'avait pas le temps.

Mme Marbury pouvait surgir d'un moment à l'autre. Il ouvrit la porte de la rue, et la tira derrière lui et se trouva dehors.

Où diriger ses pas?

CHAPITRE XXIX

A SCOTLAND YARD

Nouvelle réunion.

Le sous-chef de police, l'inspecteur Crome, Poirot et moi-même.

Le sous-chef de police dit à Poirot :

— Quelle bonne inspiration vous avez eue là de vérifier les ventes de bas!

Poirot étendit les mains.

— C'était tout indiqué. Cet homme ne pouvait être un voyageur de commerce ordinaire en quête de commandes : il vendait sa marchandise directement au client.

— Etes-vous à jour, inspecteur?

— Je le crois. (Crome consulta un dossier.) Voulez-vous que je récapitule la situation jusqu'à cette date?

— Je vous en prie.

— J'ai enquêté à Churston, Paignton et Torquay et j'ai dressé la liste des gens chez qui il est allé offrir des bas. Je dois reconnaître qu'il a travaillé avec ordre et méthode. Il a logé au Pitt, petit hôtel près de la gare de Torre. Il est rentré à 10 h 30 le soir même du crime. Il a pu prendre le train de 9 h 57 à Churston et arriver à Torre à 10 h 20. Personne répondant à son signalement n'a été remarqué dans le train ou aux gares, mais ce vendredi-là était le jour des régates de Darthmourh et le train était bondé depuis Kingswear.

« A Bexhill, il descend sous son vrai nom à l'hôtel du Globe, offre des bas à une douzaine d'adresses, y compris Mme Barnard et le café de la Chatte Rousse; puis il quitte l'hôtel le soir de bonne heure et arrive à Londres le lendemain matin, vers 11 h 30. A Andover, répétition des mêmes faits : il prend une chambre à l'hôtel des Plumes, offre des bas à Mme Fowler, la voisine de Mme Ascher et à une demi-douzaine d'autres personnes dans la rue. La paire achetée par Mme Ascher, et que la nièce, Mary Drower, m'a remise, est identique à celle qui a été vendue par M. Cust.

— Très bien jusque-là, observa le sous-chef de police.

— D'après les renseignements reçus, je me rendis à l'adresse donnée par Hartigan. Là, j'appris que M. Cust était parti depuis une demi-heure. On l'avait appelé au téléphone, la première fois que pareille chose lui arrivait, expliqua la logeuse.

— Un complice sans doute, suggéra le chef de la police.

— C'est peu probable, dit Poirot. Il semblerait drôle que... à moins...

Nous tournâmes tous vers lui des regards interrogateurs, mais il hocha la tête et l'inspecteur reprit :

— Après une perquisition complète dans la chambre qu'il avait occupée, il ne subsiste plus aucun doute. Je découvris une boîte de papier à lettres pareil à celui sur lequel les messages signés A. B. C. étaient écrits, quantité de bas et... au fond de l'étagère où étaient rangés les bas, un carton à peu près semblable aux autres, mais qui contenait huit guides A. B. C. des chemins de fer, tout neufs.

— La preuve flagrante, dit le sous-chef de police.

— J'ai fait une autre découverte, ajouta l'inspecteur, un accent de triomphe dans la voix, mais ce matin seulement et n'ai pas eu le temps de la comprendre dans mon rapport. Dans sa chambre, nulle trace du couteau.

— Seul un imbécile eût emporté l'arme sur lui, remarqua Poirot.

— Somme toute, n'avons-nous pas affaire à un déséquilibré? observa l'inspecteur. Quoi qu'il en soit, je me dis qu'il aurait pu remporter le couteau chez lui, mais, comprenant le danger qu'il y avait à le garder dans sa chambre (ainsi que nous le démontre M. Poirot), il a cherché une autre cachette. Quel coin de la maison aurait-il pu choisir? Je l'ai deviné tout de suite : le portemanteau du vestibule. Nul ne songe, d'ordinaire, à déranger un portemanteau. Avec beaucoup de peine on l'a déplacé et... l'arme gisait là, contre le mur.

— Le couteau?

— Le couteau! Le sang coagulé y adhérait encore.

— Voilà du bon travail, Crome, dit le sous-chef de police, il ne nous manque plus qu'une chose.

— Quoi donc?

— L'assassin en personne.

— Nous l'aurons. Soyez certain, répondit l'inspecteur, plein de confiance.

— Qu'en dites-vous, monsieur Poirot?

Poirot, tiré de sa rêverie, sursauta :

— Excusez-moi. Que disiez-vous?

— Nous espérons que la capture d'A. B. C. n'est plus qu'une question de temps. Ne partagez-vous pas cet avis?

— Ma foi oui, sans aucun doute.

Il paraissait si distrait que les autres le considéraient avec quelque curiosité.

— Y a-t-il quelque détail qui vous tourmente, monsieur Poirot?

— Oui, je cherche le pourquoi, le mobile.

— Mais, mon cher, nous avons affaire à un fou, dit le sous-chef de police.

— Je comprends le point de vue de M. Poirot, intervint Crome, venant aimablement à la rescousse. Il ne se trompe point : l'assassin agit sous l'effet d'une obsession bien définie; nous sommes, je crois, devant un complexe d'infériorité poussé à l'extrême, associé à la manie de la persécution. Cet individu doit prendre M. Poirot pour un détective spécialement chargé de le poursuivre.

— Hum! fit le sous-chef de police, ça c'est le jargon moderne. De mon temps, si un homme était fou, il était tout bonnement fou et nous ne recourions pas aux termes scientifiques pour atténuer sa démence. Un médecin « à la page » nous conseillerait peut-être de mettre A. B. C. dans une maison de santé, et au bout de quarante jours, il le relâcherait comme citoyen jouissant de toutes ses facultés.

Pour toute réponse, Poirot se contenta de sourire.

La séance fut levée.

— Comme vous le dites, Crome, l'arrestation de notre homme est une simple affaire de jours, observa le sous-chef de police.

— Nous l'aurions depuis longtemps pris au collet s'il n'avait des manières et un physique aussi ordinaires. Nous avons tourmenté trop de gens innocents depuis quelque temps, déclara l'inspecteur.

— Je me demande où il peut se cacher en ce moment? dit le sous-chef de police.

CHAPITRE XXX

(*Ce chapitre ne fait point partie du récit du capitaine Hastings.*)

M. Cust se tenait devant la boutique d'un marchand de primeurs.

Son regard se porta de l'autre côté de la rue.

Pas d'erreur possible!

Mme Ascher, Bureau de Tabac et Journaux.

Devant la devanture vide, une pancarte avec cette inscription :

A louer.

Vide...

Personne...

— Pardon, monsieur.

La femme du marchand de légumes essayait d'atteindre des citrons.

Cust s'excusa et se rangea de côté.

Il s'éloigna à pas lents et retourna vers la rue principale...

La situation devenait intenable... intenable, à présent qu'il ne lui restait plus un sou.

D'avoir jeûné toute la journée, cela vous rend malade et la tête vous tourne.

Il s'arrêta devant un placard affiché à l'étalage d'une boutique de journaux.

Le crime d'A. B. C. L'assassin court encore. Interview de M. Hercule Poirot.

M. Cust se dit à lui-même :

« Hercule Poirot. Je me demande s'il se doute... »

Il poursuivit son chemin.

Il est imprudent de stationner devant cette affiche.

Il pensa :

« Je ne puis déambuler longtemps de ce train-là. »

Un pied devant l'autre, que c'est donc bête de marcher.

Un pied devant l'autre, simplement idiot!

Tout à fait ridicule!

L'homme n'est, à tout prendre, qu'un stupide animal!

Et lui, Alexandre-Bonaparte Cust, était stupide plus que tout autre.

Il n'avait jamais cessé de l'être.

Toujours, il avait fait la risée des autres.

Il ne s'en prenait qu'à lui-même.

Où se rendait-il? Devant lui, sans savoir. A bout de forces, il ne se souciait que de ses pieds.

Un pied devant l'autre...

Il leva le regard. De la lumière en face de lui. Des lettres...

Poste de Police.

— Ça, c'est drôle! dit M. Cust en ricanant.

Il entra. Soudain il vacilla et piqua une tête en avant.

CHAPITRE XXXI

Hercule Poirot interroge

Par une claire journée de novembre, le docteur Thompson et l'inspecteur chef Japp rendirent visite à Poirot pour lui communiquer le résultat de l'instruction judiciaire sur le cas d'Alexandre-Bonaparte Cust.

Souffrant d'une légère bronchite, Poirot n'avait pu y assister. Fort heureusement, il n'insista pas pour que je lui tinsse compagnie.

— On fera passer Cust en jugement et on lui assignera d'office un avocat, annonça Japp.

— La procédure est-elle bien régulière? demandai-je. Il me semblait qu'un prisonnier avait le choix de son défenseur.

— C'est la coutume, dit Japp. Le jeune Lucas se targue d'expédier l'affaire en vitesse. N'oublions pas qu'il débute au barreau. La folie est la seule circonstance atténuante qu'il puisse plaider.

Poirot haussa les épaules.

— On n'acquitte pas un fou, et le fait de languir en prison aussi longtemps qu'il plaît à Sa Majesté me paraît à peine préférable à la mort.

— Sans doute Lucas entrevoit-il une chance, dit Japp. Si son client peut fournir un solide alibi pour le crime de Bexhill, toute l'accusation tombe d'un coup. Il ne se rend pas compte de la gravité de l'affaire. Ce Lucas recherche l'originalité. Il est jeune et veut étonner son public.

Poirot se tourna vers Thompson.

— Quelle est votre opinion, docteur?

— Sur Cust? Ma parole, je ne sais qu'en penser. Il joue remarquablement bien à l'homme doué de toute sa raison. En tout cas, c'est un épileptique.

— Le dénouement m'a fort surpris, observai-je.

— Vous voulez parler de sa chute suivie d'accès dans le commissariat d'Andover? On n'aurait pu inventer une fin plus tragique à cet horrible drame. A. B. C. a toujours su ménager ses effets.

— Est-il possible de commettre un crime à son insu? demandai-je. Ses protestations ont un tel accent de sincérité!

Le docteur Thompson sourit.

— Ne vous laissez pas prendre à ces déclamations théâtrales : « Je le jure devant Dieu! » Selon moi, Cust sait pertinemment qu'il a commis ces meurtres.

— Quand ils nient avec tant de force, je doute de leur innocence, déclara Crome.

— Quant à la question que vous venez de me poser, pousuivit Thompson, il est admis qu'un épileptique en état de somnambulisme commette un acte sans s'en rendre compte. Mais, en général, un tel acte « ne doit pas être en contradiction avec la volonté du sujet en état de veille ».

Il se lança dans une dissertation sur le *grand* et le *petit mal* et, en toute franchise, je finis par tout embrouiller, comme cela se produit d'ordinaire lorsque j'entends un technicien pérorer sur un sujet qu'il connaît à fond.

— Toutefois, conclut-il, je refuse de croire que Cust a commis ces crimes sans le savoir. On pourrait à la rigueur soutenir cette thèse si les lettres n'existaient point. Les lettres démolissent cette hypothèse parce qu'elles démontrent la préméditation et une lente préparation de chaque assassinat.

— Nous n'avons toujours aucune explication concernant les lettres, dit Poirot.

— Cela vous tracasse?

— Naturellement... puisqu'elles m'étaient adressées. Cust persiste dans son mutisme à leur sujet. Tant que je ne saurai pas à quoi m'en tenir sur cette question, je ne jugerai pas l'affaire entièrement résolue.

— Oui... je saisis votre point de vue. N'avez-vous aucune raison de soupçonner que cet individu ait déjà eu affaire avec vous?

— Aucune.

— Permettez-moi une suggestion. Votre nom!

— Mon nom?

— Oui. Cust porte le fardeau — sans doute par suite d'un caprice de sa mère — de deux prénoms extrêmement pompeux : Alexandre et Bonaparte. Vous voyez d'ici les complications? Alexandre, l'homme imbattable qui craint de n'avoir plus de terre à conquérir... Bonaparte, le grand empereur... Notre homme cherche un adversaire à sa hauteur. Et il trouve qui? Hercule, Hercule le fort.

— Votre raisonnement est très suggestif, docteur.

— Oh! ce n'est qu'une idée à moi. Je dois rentrer, au revoir.

Le médecin s'en alla. Japp demeura avec nous.

— Cet alibi vous gêne beaucoup? demanda Poirot.

— Certes, admit l'inspecteur. Sachez que je n'y crois pas, parce que je sais qu'il ne peut exister. Mais il sera difficile à démolir. Ce Strange est un fichu bonhomme.

— Comment est-il physiquement?

— C'est un individu d'une quarantaine d'années,

un ingénieur des mines qui professe une très haute opinion de sa personne. Avant son départ pour le Chili, il a voulu être interrogé, espérant que tout serait réglé en un tourne-main.

— J'ai rarement rencontré de type aussi infatué de lui-même, dis-je.

— Le genre de phénomène qui ne reconnaît jamais une erreur, dit Poirot pensivement. Je vois ça d'ici.

— Pour rien au monde, il ne démordra de ce qu'il a déjà dit. Il affirme avoir lié conversation avec Cust à Eastbourne, à l'hôtel Whitecross, dans la soirée du 24 juin. Se sentant seul et désirant un peu de société, il s'est approché de Cust. Celui-ci s'est révélé un auditeur des plus agréables. Après le dîner, les deux hommes ont joué aux dominos. Strange raffole de ce jeu et il fut ravi de rencontrer en Cust un excellent partenaire. L'étonnant, c'est qu'on puisse aimer ce jeu au point de s'y adonner quatre heures de suite. C'est ce qui arriva pour nos deux gaillards. Cust désirait se retirer, mais Strange ne voulait rien entendre, et ils ne se séparèrent pas avant minuit dix. Or, si Cust se trouvait à l'hôtel Whitecross d'Eastbourne à minuit dix, il ne pouvait raisonnablement rôder sur la plage de Bexhill et étrangler Betty Barnard entre minuit et une heure de ce même matin.

— Cela semble invraisemblable, en effet, dit Poirot. Décidément, le problème donne à réfléchir.

— Crome y perd son grec et son latin, observa Japp.

— Et ce dénommé Strange se montre très affirmatif?

— Il s'obstine dans ses déclarations, et impossible d'y découvrir une faille. Mettons que Strange se trompe et que cet individu ne soit point Cust : pourquoi aurait-il emprunté ce nom? D'autre part, la signature sur le registre de l'hôtel est bien celle de Cust. Vous ne sauriez prétendre qu'il s'agit d'un complice. Un fou homicide n'a point de complice! La jeune fille est-elle morte plus tard? La déclaration du médecin est des plus positives. En outre, il aurait bien fallu un certain temps à Cust pour sortir de l'hôtel d'Eastbourne et se rendre à Bexhill, à environ vingt kilomètres de distance, sans se faire voir.

— Oui, c'est bien compliqué, admit Poirot.

— Strictement parlant, nous ne devrions attacher aucune importance à la déposition de Strange. Cust est bien le coupable dans le meurtre de Doncaster : sa veste tachée de sang et le couteau ne laissent pas l'ombre d'un doute là-dessus. Avec de telles preuves, un jury ne saurait prononcer un verdict d'acquittement. Cust a donc sur la conscience le crime de Doncaster, celui de Churston et celui d'Andover. C'est certainement lui qui a commis l'assassinat de Bexhill. Mais je ne vois pas comment!

Il hocha la tête et se leva.

— A votre tour, monsieur Poirot, dit-il. Crome n'y voit goutte. Faites fonctionner ces fameuses petites cellules grises de votre cerveau dont vous parliez tant autrefois, et montrez-nous comment Cust a perpétré le meurtre de Bexhill.

Japp prit congé et s'en alla.

— Eh bien, mon cher Poirot, les petites cellules grises sont-elles, cette fois encore, à hauteur de leur tâche?

Poirot répondit à ma question par une autre question.

— Dites-moi, Hastings, considérez-vous cette affaire comme terminée?

— Ma foi, oui. Nous tenons le coupable et possédons les preuves de sa culpabilité. Il nous manque seulement quelques détails.

Poirot secoua le chef.

— L'affaire est terminée! L'affaire! Vous allez vite en besogne, Hastings; l'affaire, c'est l'homme. Et tant que nous ne connaîtrons pas tout ce qui concerne cet homme, le mystère s'épaissira davantage. Ne chantons pas victoire parce que nous l'avons emprisonné.

— Nous sommes pourtant suffisamment renseignés sur son compte!

— Autant dire que nous ne savons rien! Nous connaissons le lieu de sa naissance, nous savons qu'il a fait la guerre, qu'il a reçu une légère blessure à la tête et qu'il a été renvoyé de l'armée pour cause d'épilepsie. Nous savons qu'il loge chez Mme Marbury depuis environ un an, qu'il menait une existence tranquille et solitaire, et appartenait à cette catégorie d'individus auxquels personne ne fait attention. Nous savons également qu'il pratiqua adroitement une série de meurtres, tua sans pitié et discrimination, mais commit quelques énormes bévues. Nous savons aussi que, par bonté d'âme, il ne laissa point accuser un autre à sa place. S'il avait voulu continuer sans se faire prendre, rien ne l'empêchait de laisser un autre endosser le châtiment de ses crimes. A présent, comprenez-vous, Hastings, que cet homme est un abîme de contradictions? La stupidité et la ruse, la cruauté et la générosité. Il s'agit de découvrir le facteur principal qui concilie cette double nature.

— Ah! si vous le traitez du point de vue psychologique!

— N'ai-je pas, dès le début, essayé de percer l'âme de ce criminel? J'avoue que je ne la connais pas encore. Hastings, je suis fort embarrassé.

— L'amour du pouvoir..., commençai-je.

— Oui, cela explique pas mal de choses, mais ne me satisfait pas entièrement. Je voudrais savoir pourquoi il a commis ces meurtres, et pourquoi il a choisi telle et telle victime.

— Par ordre alphabétique...

— Betty Barnard est-elle la seule personne de Bexhill dont le nom commence par un B? Betty Barnard... J'ai mon idée là-dessus... Mais alors...

Il garda un moment le silence. Je ne lui posai aucune question.

A la vérité, je finis par m'endormir.

Lorsque je m'éveillai, je sentis la main de Poirot sur mon épaule.

— Mon cher Hastings, disait-il d'une voix affectueuse, mon bon génie...

Je demeurai confus devant cette soudaine marque d'estime.

— Vous me portez chance, mon ami, insista Poirot. Votre présence m'inspire.

— Comment ai-je pu vous inspirer cette fois? lui demandai-je.

— Tandis que je m'interrogeais en moi-même, il m'est revenu à l'esprit une réflexion que vous avez formulée devant moi, une de ces remarques éblouissantes. Ne vous ai-je pas dit une fois que vous aviez le don de voir ce qui crève les yeux? C'est l'évidence même que j'ai laissée au second plan jusqu'ici.

— Rappelez-moi cette éblouissante remarque, je vous prie.

— Maintenant, tout m'apparaît clair comme le jour, je trouve des réponses à toutes mes questions. Pourquoi Mme Ascher, Sir carmichael Clarke, le meurtre de Doncaster, et, en suprême ressort, Hercule Poirot?

— Auriez-vous la bonté d'éclairer ma lanterne?

— Pas pour l'instant. J'ai d'abord besoin de quelques renseignements, qui me seront fournis par notre « légion spéciale ». Ensuite, dès que j'aurai la réponse à une certaine question, j'irai voir A. B. C. Enfin, nous nous trouverons face à face. A. B. C. et Hercule Poirot, les deux adversaires.

— Et alors?

— Alors, nous parlerons! Sachez, Hastings, qu'il n'est rien de plus dangereux que la conversation pour celui qui veut dissimuler quelque chose. Un vieux philosophe français m'a dit un jour que la conversation est une invention humaine destinée à empêcher l'homme de penser. C'est aussi un moyen infaillible de découvrir ce qu'il cherche à cacher. L'être humain, Hastings, ne sait résister au plaisir de parler de lui, d'exprimer sa personnalité et la conversation lui en offre une occasion unique.

— Qu'attendez-vous de Cust?

Hercule Poirot sourit.

— Un mensonge... un mensonge qui me révélera toute la vérité!

CHAPITRE XXXII

ET ON ATTRAPE UN RENARD

Durant les jours suivants, Poirot parut très affairé. Il fit de mystérieuses absences, parla peu, plissa souvent le front et refusa énergiquement de satisfaire ma curiosité naturelle au sujet de cette étincelante perspicacité, que, selon lui, j'avais déployée à mon insu.

Je lui tenais un peu rigueur de ne point m'inviter à l'accompagner dans ses allées et venues énigmatiques.

Cependant, vers la fin de la semaine, il me fit part de son intention de se rendre à Bexhill et dans les environs, et me pria de l'escorter. Inutile de dire que j'acquiesçai avec empressement.

L'invitation, je le sus après, ne se bornait pas à ma seule personne : les membres de la « légion spéciale » furent également conviés à cette expédition.

L'attitude de Poirot ne laissa pas non plus de les intriguer. Toutefois, dans la soirée de ce même jour, je pus me former une idée du dessein que poursuivait Poirot.

Sa première visite fut pour M. et Mme Barnard. La vieille femme lui fit un récit exact de sa rencontre avec M. Cust. Elle lui donna l'heure de son passage et répéta les paroles qu'il avait prononcées. Ensuite, Poirot se rendit à l'hôtel où était descendu Cust et se fit raconter en détail le départ de ce personnage. Autant que j'en pus juger, il ne recueillit aucun fait nouveau et, pourtant, il paraissait très satisfait de sa démarche.

Après quoi, il se fit conduire sur la plage, à l'endroit où l'on découvrit le cadavre de Betty Barnard. Pendant quelques minutes, il marcha en décrivant des cercles et examina d'assez près les galets de la grève. Je ne comprenais pas l'intérêt de pareille tactique, étant donné que la mer recouvre cet endroit deux fois par jour.

Cependant, je sais par expérience que les moindres actes de Poirot — aussi énigmatiques qu'ils paraissent — sont toujours inspirés par la réflexion.

Il se dirigea ensuite de la plage vers l'endroit le plus proche où l'on peut parquer une voiture. De là, il se rendit à l'emplacement où stationnent les autobus d'Eastbourne avant de quitter Bexhill.

Enfin, il nous fit tous entrer au café de la Chatte Rousse, où un thé plutôt éventé nous fut servi par une serveuse bien en chair, Milly Higley.

Dans un style très fleuri, Poirot félicita l'accorte fille sur la forme de ses chevilles.

— Les jambes des Anglaises sont toujours trop minces! Tandis que les vôtres, mademoiselle, sont parfaites! Quelle ligne! Quelles chevilles!

Milly Higley ricana de plaisir tout en le priant de cesser ses compliments. Elle savait à quoi s'en tenir sur les Français.

Poirot ne prit point la peine de réfuter son erreur quant à la nationalité que la jeune femme lui attribuait. Il se contenta de la dévorer des yeux, tant et si bien que j'en fus scandalisé.

— Et voilà! dit Poirot. Ma mission à Bexhill est terminée. Tout à l'heure j'irai à Eastbourne, où je me livrerai à une petite enquête. Inutile de m'accompagner. En attendant, rentrons à l'hôtel et prenons un cocktail. Ce thé était abominable!

Comme nous buvions à petites gorgées notre cocktail, Franklin Clarke dit à Poirot :

— Me permettez-vous une petite remarque? Vous essayez de détruire cet alibi, n'est-ce pas? Je ne vois point ce qui, jusqu'ici, peut vous réjouir tant. Vous n'avez, ce me semble, recueilli aucun fait nouveau.

— C'est vrai...

— Eh bien?

— Patience! Tout vient à point pour qui sait attendre.

— En tout cas, vous paraissez assez satisfait de vous!

— Jusqu'alors, rien n'est venu contredire ma petite idée...

Son visage prit une expression sérieuse.

— Mon ami Hastings m'a raconté qu'étant jeune homme, il jouait un jour à un petit jeu de société appelé La Vérité. On posait à chaque joueur trois questions; à deux d'entre elles, il était tenu de répondre franchement. Il pouvait évincer la troisième. Les questions posées étaient fort indiscrètes. Mais, tout d'abord, chacun devait jurer de dire la vérité et rien que la vérité.

Il fit une pause.

— Et alors? demanda Megan.

— Alors, mademoiselle, moi, je voudrais aussi jouer à ce jeu. Seulement, il ne sera pas nécessaire de poser trois questions; une seule suffira. Je vais donc poser une question à chacun de vous.

— Et nous répondrons ce qui nous plaira, dit Clarke avec impatience.

— Ah! mais non! Il faut que vous répondiez sérieusement. Jurez-vous de dire la vérité?

Il parlait d'un ton si solennel que les autres, intrigués, prirent une mine grave et jurèrent tous de dire la vérité.

— Bien, dit vivement Poirot. Commençons...

— Je suis prête, dit Thora Grey.

— En la circonstance, la galanterie m'interdit d'interroger les dames les premières.

Il se tourna vers Franklin Clarke.

— Mon cher monsieur Clarke, que pensez-vous des chapeaux portés par les dames à Ascot cette année?

Franklin Clarke demeura interloqué.

— Est-ce une plaisanterie?

— Pas le moins du monde.

— Sérieusement, c'est là votre question?

— Oui.

Clarke fit une grimace.

— Ma foi, monsieur Poirot, je n'ai pas assisté aux courses d'Ascot, mais, d'après les photographies publiées dans les journaux, les chapeaux portés par les femmes à Ascot me semblent encore plus comiques que ceux qu'elles arborent ordinairement.

— Ridicules?

— Tout à fait ridicules.

Poirot sourit et se tourna vers Donald Fraser.

— A quelle époque avez-vous pris vos vacances cette année, monsieur?

Ce fut au tour de Fraser d'ouvrir de grands yeux.

— Mes vacances? Pendant les deux premières semaines d'août.

Ses traits se crispèrent soudain. Je compris que cette question venait de lui rappeler la perte de la jeune fille qu'il aimait.

Poirot ne parut point attacher d'importance à la réponse. Se tournant vers Thora Grey, il l'interrogea d'une voix plus dure.

— Mademoiselle, à la mort de Lady Clarke, auriez-vous épousé Sir Carmichael s'il vous l'avait proposé?

La jeune fille sursauta :

— Comment osez-vous me poser une pareille question? C'est une... une infamie!

— Peut-être. Mais vous avez juré de dire la vérité. Est-ce oui ou non?

— Sir Carmichael s'est toujours montré extrêmement bon envers moi. Il me traitait comme sa propre fille, et, en retour, je lui témoignais des sentiments de gratitude et d'affection filiales.

— Excusez-moi, mais ce n'est pas là une réponse. Mademoiselle, est-ce oui ou non?

Elle hésita.

— C'est non!

Poirot ne fit aucun commentaire.

— Merci, mademoiselle.

Il s'adressa à Megan Barnard. Le visage pâle et la respiration haletante, elle semblait prête à affronter une terrible épreuve.

La voix de Poirot retentit comme le claquement d'un fouet.

— Mademoiselle, quel résultat espérez-vous de mon enquête? Oui ou non, désirez-vous que je découvre la vérité?

Elle rejeta fièrement la tête en arrière. J'étais à peu près sûr de ce qu'elle allait dire. Megan professait une passion fanatique pour la vérité.

Sa réponse, claire et nette, me stupéfia.

— Non!

Tous, nous sursautâmes. Poirot se pencha vers elle et étudia son expression.

— Mademoiselle Megan, lui dit-il, libre à vous de ne pas souhaiter la révélation de la vérité, mais, du moins, vous avez le courage de votre opinion.

Il se dirigea vers la porte, puis, se ravisant, il se retourna et posa une question à Mary Drower.

— Dites-moi, mon enfant, avez-vous un amoureux?

Mary, qui, jusque-là, avait eu l'air craintive, parut étonnée et piqua un fard.

— Oh! monsieur Poirot, je... je n'en suis pas certaine.

Il sourit.

— Alors, c'est bien, mon enfant.

Puis, me cherchant du regard, il me dit :

— Venez, Hastings, nous allons à Eastbourne.

La voiture nous attendait. Bientôt nous filions le long de la côte et gagnions Eastbourne par Pevensey.

— Il ne servirait à rien de vous interroger, mon cher Poirot?

— Pas pour le moment. Contentez-vous de tirer les conclusions d'après mes actes.

Je retombai dans le silence.

Poirot, l'air très satisfait de lui-même, chantonnait. Comme nous passions à Pevensey, il exprima le désir de s'arrêter pour jeter un coup d'œil au château.

En retournant vers la voiture, nous fîmes une pause afin de regarder un groupe d'enfants qui dansaient en rond et chantaient de leurs voix aiguës...

— Voulez-vous me dire ce qu'ils chantent, Hastings? Je ne puis saisir les paroles.

Je prêtai l'oreille et finis par comprendre le sens du refrain.

... J'attrape un renard
Je l'enferme dans un placard,
Et ne le laisse plus sortir.

— J'attrape un renard, je l'enferme dans un placard et ne le laisse plus sortir! répéta Poirot.

Son visage se rembrunit aussitôt.

— Ça, c'est abominable, Hastings! (Il se tut pendant quelques instants.) Chassez-vous le renard par ici?

— Pas moi. Je n'ai jamais pu me permettre un tel luxe, et je ne crois pas qu'on chasse beaucoup dans cette région.

— Je voulais dire en Angleterre. Un drôle de sport! On attend à l'entrée du gîte, puis taïaut, taïaut! et la course commence, à travers champs, par-dessus les haies et les fossés, et le renard détale, parfois il revient sur ses pas... mais les chiens ne lâchent pas sa piste, finissent par l'attraper et il meurt. Quel sport cruel!

— Cela paraît cruel en effet, mais en réalité...

— Le renard s'amuse? Ne dites pas de bêtises, mon ami. Cependant, mieux vaut cette mort rapide et cruelle que le supplice évoqué par la ronde des enfants...

« Etre enfermé dans un placard, pour toujours... Voilà bien un horrible sort!

Il hocha la tête, puis ajouta, la voix légèrement changée :

— Demain, je vais rendre visite à Cust.

Puis il dit au chauffeur :

— Nous rentrons à Londres.

— Comment, vous n'allez pas à Eastbourne? m'écriai-je.

— Inutile. Je sais tout ce que je désirais apprendre.

CHAPITRE XXXIII

ALEXANDRE-BONAPARTE CUST

Je n'assistai point à l'entrevue de Poirot avec Alexandre-Bonaparte Cust, cet étrange personnage. Grâce à ses relations avec la police et aux circonstances particulières du crime, Poirot obtint sans difficulté un permis du Home Office, mais cette autorisation ne s'étendait pas à moi, et, du point de vue de Poirot, il était essentiel qu'il vît cet homme seul, face à face.

Néanmoins, il me fit un récit tellement détaillé de cette entrevue que je la transcris sur le papier avec autant d'assurance que si j'y avais assisté en personne.

M. Cust semblait plus tassé et plus voûté que d'habitude. De ses doigts, il tirait nerveusement sur le bas de sa veste.

Pendant un moment, Poirot garda le silence. Il s'assit et observa l'homme devant lui.

Le moment dut être dramatique, cette rencontre de deux adversaires qui s'affrontent au cours d'une longue tragédie. J'en aurais frémi.

Mais Poirot, cet homme terre à terre, n'avait d'autre souci que de produire un certain effet sur son vis-à-vis.

Enfin, il dit avec douceur :

— Savez-vous qui je suis?

L'autre hocha la tête.

— Non, non, je ne le sais pas. A moins que vous

ne soyez le fils cadet de M. Lucas? Peut-être venez-vous de la part de M. Maynard?

(MM. Maynard et Cole étaient les avocats de la défense.)

Cust s'exprimait d'une voix polie, mais indifférente. Il paraissait absorbé par quelque préoccupation intérieure.

— Je suis Hercule Poirot...

Mon ami se présenta très aimablement et attendit l'effet de ses paroles.

M. Cust leva la tête.

— Ah! bah!

Il prononça « ah! bah! » de la même intonation que M. Crome, le dédain en moins.

Une minute plus tard, il répéta cet « ah! bah! » mais d'un ton différent. On y devinait une pointe de curiosité. Il leva la tête et observa Poirot.

Le détective belge soutint le regard de Cust et inclina une ou deux fois la tête gentiment.

— C'est moi, dit-il, l'homme à qui vous avez écrit les lettres.

Aussitôt le contact était brisé. M. Cust baissa les yeux et s'écria d'une voix irrité et maussade :

— Je ne vous ai jamais écrit. Ces lettres n'ont jamais été adressées par moi. Combien de fois faudra-t-il vous le redire?

— Si vous n'êtes pas l'auteur de ces lettres, qui est-ce?

— Un ennemi. Je dois avoir des ennemis. Tous se liguent contre moi. La police, tout le monde. C'est un gigantesque complot.

Poirot ne répondit point.

M. Cust poursuivit :

— J'ai toujours été la victime...

— Même dans votre enfance?

M. Cust parut réfléchir.

— Non, non, pas tout à fait. Ma mère m'adorait. Mais elle était ambitieuse, terriblement ambitieuse. Voilà pourquoi elle m'affubla de ces prénoms ridicules. Elle s'imaginait que je me taillerais, ainsi, une place importante dans la vie. Elle me pressait toujours d'affirmer ma personnalité, parlait de l'influence de la volonté, et prétendait que chacun était le maître de sa destinée, elle affirmait que j'étais capable de mener à bien tout ce que je voudrais entreprendre!

Il se tut pendant quelques secondes.

— Evidemment, la pauvre femme se leurrait. Je ne tardai pas à m'en rendre compte. Je n'étais pas fait pour briller dans le monde. Je me faisais surtout remarquer par ma maladresse et ma gaucherie. Timide et craintif, à l'école je fus le souffre-douleur de mes condisciples. Ils découvrirent mes prénoms et s'en divertirent à mes dépens. Je fus médiocre en tout : dans les études aussi bien que dans le jeu.

Il hocha tristement la tête.

— Ma malheureuse mère a été bien inspirée de mourir jeune. Elle eût subi de grandes déceptions. Même à l'école commerciale, je fus un traînard : il me fallut plus de temps qu'à aucun autre pour apprendre la dactylographie et la sténographie. Et pourtant, je n'étais point sot. Je ne sais si je me fais bien comprendre.

Il lança un regard suppliant vers son interlocuteur.

— Mais si, je vous comprends très bien. Continuez.

— L'idée que chacun me jugeait stupide finit par paralyser mes moyens. Le même phénomène se reproduisit, plus tard, dans les bureaux où je travaillais.

— Mais plus tard, pendant la guerre? suggéra Poirot.

Les traits de M. Cust s'éclairèrent soudain.

— Si je vous avouais que je n'ai jamais été aussi heureux que pendant la guerre, du moins durant ma présence au front. Pour la première fois, je me suis senti un homme comme les autres. Nous étions tous logés à la même enseigne et, ma foi, je ne me comportais pas plus mal que mes camarades.

Son sourire s'effaça brusquement.

— Puis je reçus cette blessure à la tête. Rien de grave, mais on découvrit que j'étais sujet à des crises. De tout temps, il y eut des moments où je ne me rendais plus compte de ce que je faisais, des sortes d'absences et, une ou deux fois, je suis tombé par terre. Mais je ne crois pas que c'était une raison suffisante pour me rayer des cadres. Non, ce n'était pas juste.

— Et après? demanda Poirot.

— J'entrai comme employé dans un bureau. A cette époque, on gagnait facilement sa vie et je ne fus pas trop à plaindre après la guerre. Il va de soi que j'étais parmi les moins payés, sans espoir d'avancement. Les autres montaient, et je pétinais sur place. Ma situation devint des plus précaires avec la hausse du coût de la vie, et dans un bureau il faut être présentable. J'arrivais à peine à joindre les deux bouts, lorsqu'une maison m'offrit cette représentation de bas, avec un fixe et une commission.

Poirot observa doucement :

— Vous savez peut-être que la firme en question nie le fait?

La colère de M. Cust ne connut plus de bornes.

— Cela prouve qu'elle participe à la cabale, ces gens-là doivent aussi conspirer contre moi.

Il poursuivit :

— Je possède la preuve, la preuve écrite qu'elle m'a engagé en qualité de représentant. On m'a donné des instructions, avec la liste des villes à visiter et des personnes chez qui je devais me présenter.

— Il ne s'agit pas là d'une preuve écrite, mais de feuilles dactylographiées.

— Cela revient au même. Une importante maison de gros a des dactylographes et naturellement son courrier est écrit à la machine.

— Ignorez-vous, monsieur Cust, qu'on arrive à identifier une machine à écrire? Toutes ces lettres ont été « tapées » sur la même machine.

— Et après?

— Cette machine vous appartient; on l'a trouvée dans votre chambre.

— Elle m'a été envoyée par la maison dès mon entrée en fonctions.

— Oui, mais ces lettres, vous les avez reçues après. Il semblerait donc que vous les auriez dactylographiées et adressées à vous-même.

— Non, non! Tout cela fait partie de la cabale contre moi!

Il ajouta :

— En outre, les lettres de ma maison ont dû être dactylographiées sur des machines de la même marque que la mienne.

— Des machines de la même marque, mais pas exactement la même machine.

M. Cust répéta avec obstination :

— C'est une cabale!

— Et les guides A. B. C. trouvés dans votre armoire?

— Je n'en savais rien. Je croyais que toutes ces boîtes renfermaient des bas.

— Pourquoi avez-vous coché le nom de Mme Ascher dans cette première liste d'Andover?

— Parce que j'avais l'intention de débuter par elle. Il faut bien commencer par quelqu'un.

— Rien de plus vrai : *il faut commencer par quelqu'un.*

— Je ne fais aucune allusion à cela... c'est-à-dire à ce que vous pensez.

— Savez-vous donc à quoi je pense?

Au lieu de répondre à cette question, M. Cust se mit à trembler.

— Je n'ai pas commis ce meurtre! Je suis innocent! Vous vous trompez. Voyons, réfléchissez un peu au second crime, l'assassinat de la jeune fille de Bexhill. Je jouais aux dominos à Eastbourne ce soir-là. Il faudra bien que vous l'admettiez!

Il prononça cette dernière phrase d'une voix triomphante.

— Soit, dit Poirot d'un ton mielleux. Mais il est si facile de se tromper d'un jour, n'est-ce pas? Et si vous êtes aussi obstiné et affirmatif que votre partenaire, M. Strange, jamais vous ne consentirez à revenir sur votre erreur. Quant à la signature sur le registre de l'hôtel, il est aisé d'inscrire une date fausse en signant. Personne n'y fera probablement attention.

— Je vous assure que cette nuit-là j'ai joué aux dominos jusqu'à minuit dix.

— Vous jouez, paraît-il, très bien aux dominos.

M. Cust demeura abasourdi par cette réflexion inattendue de Poirot.

— Je... je... je crois que oui.

— C'est un jeu très absorbant et qui exige beaucoup d'adresse.

— Oh! c'est très amusant... très amusant. Autrefois, ce jeu connaissait, à l'heure du lunch, une très grande vogue parmi les employés de la Cité. Des gens complètement inconnus liaient connaissance autour d'un jeu de dominos.

Il ricana.

— Je me souviens d'un homme — je ne l'ai jamais oublié depuis parce qu'il m'a dit une chose qui m'a frappé. Après avoir pris notre café, nous commençâmes une partie de dominos. Je vous jure qu'au bout de vingt minutes, il me semblait l'avoir connu toute sa vie.

— Et que vous a-t-il dit? demanda Poirot.

Le visage de M. Cust s'assombrit.

— A la vérité, il s'est moqué de moi. Il parlait

des lignes de la main et affirmait que notre sort s'y trouvait écrit. Il me montra sa main et les lignes qui indiquaient qu'à deux reprises il échapperait à la mort par l'eau, et en effet par deux fois il fut sauvé d'un naufrage. Ensuite, il considéra la mienne et me prédit des choses étonnantes. Avant votre mort, me dit-il, vous serez un des hommes les plus connus d'Angleterre, tout le pays parlera de vous. Puis... il ajouta :

Ici la voix de M. Cust se brisa :

— Quoi donc? demanda Poirot, le fixant d'un regard magnétique.

M. Cust détourna d'abord les yeux, puis les ramena vers Poirot, comme un lapin fasciné.

— Il lut dans ma main que je pourrais bien finir d'une mort violente, peut-être sur l'échafaud, fit-il en riant, puis, devant ma mine déconfite, il ajouta que c'était une petite plaisanterie de sa part.

Cust se tut. Ses yeux quittèrent le visage de Poirot et roulèrent à droite et à gauche, de façon bizarre.

— Ma tête, je souffre de la tête... Horriblement... Parfois, je ne sais plus... Je ne sais plus...

Il s'affaissa sur son siège.

Poirot se pencha vers lui et parla d'une voix douce mais ferme :

— Mais vous savez que vous êtes l'auteur de ces crimes, n'est-ce pas?

M. Cust leva la tête et son regard se posa sur le visage de son interlocuteur. Il ne conservait aucune force de résistance et semblait jouir d'une paix étrange.

— Oui, je le sais.

Poirot poursuivit :

— Dites-moi si je me trompe : vous ignorez pourquoi vous avez commis ces crimes?

M. Cust secoua la tête.

— Je l'ignore tout à fait, répondit-il.

CHAPITRE XXXIV

POIROT S'EXPLIQUE

Toute notre attention tendue vers Poirot, nous attendions sa version définitive sur les meurtres d'A. B. C.

— Dès le début, commença-t-il, j'ai été hanté par le « pourquoi » de ces crimes. L'autre jour, Hastings me disait que notre rôle se terminait avec l'arrestation de Cust. A quoi je répliquai que le mystère demeurerait tout entier tant que nous ne connaîtrions pas A. B. C. A quelle nécessité obéissait-il pour commettre ses forfaits? Pourquoi m'a-t-il spécialement choisi comme adversaire?

« Il ne suffit donc pas de répondre qu'il avait l'esprit dérangé. Prétendre qu'un homme agit stupidement parce qu'il est fou est une idiotie. Un fou se montre aussi logique et raisonné dans ses actes qu'un individu sain d'esprit, en tenant compte de son jugement déformant. Par exemple, si un homme sort dans la rue et s'assoit en tailleur sur les places publiques, ayant pour tout vêtement un pagne, sa conduite nous semble excentrique. Mais si nous apprenons que cet homme se prend pour le Mahatma Gandhi, son comportement devient raisonnable et logique à nos yeux.

« Dans le cas qui nous occupe, il s'agissait d'imaginer un individu au cerveau constitué de telle sorte qu'il lui parût logique et raisonnable de commettre quatre meurtres et plus, et de les annoncer chaque fois à l'avance par des lettres adressées à Hercule Poirot.

« Mon ami Hastings pourra vous dire que, dès la première, je me sentis terriblement troublé. Je flairais là-dessous quelque chose de très louche.

— Et vous ne vous trompiez pas, dit Franklin Clarke d'un ton sec.

— Dès l'abord, cependant, je commis l'erreur de ne pas attacher suffisamment de valeur à cette première impression. Je la considérai comme une simple intuition. Dans un cerveau bien équilibré, l'intuition, la divination inspirée, n'existent pas. Il est permis de se livrer à des suppositions. Si elles sont justes, nous disons qu'il s'agit d'intuitions; si elles sont fausses, nous n'en parlons plus. Mais ce que souvent on qualifie d'intuition est, en réalité, une impression basée sur une déduction logique ou sur l'expérience. Lorsqu'un expert flaire quelque falsification dans une peinture, un meuble, ou la signature d'un chèque, son sentiment se base sur une multitude de détails infimes. Point ne lui est nécessaire de les contrôler rigoureusement. Son expérience y supplée, il en résulte l'impression bien définie qu'il y a falsification. Ce n'est point de la divination, mais une impression appuyée sur l'expérience.

« Eh bien, j'avoue n'avoir point attribué à cette première lettre toute l'importance voulue. La police y vit une mystification. Moi, je pris la chose au sérieux et j'étais convaincu qu'un crime serait commis à Andover. Comme vous le savez, A. B. C. a mis sa menace à exécution.

« A ce point de l'affaire, il était impossible de découvrir l'assassin. Ma seule ressource était d'essayer de comprendre la mentalité du coupable.

« Je possédais certaines indications : la lettre, le genre de crime, la victime. Restaient deux inconnues : le mobile du crime et le mobile de la lettre.

— La publicité, suggéra Clarke.

— Et cela s'explique par un complexe d'infériorité, ajouta Thora Grey.

— Voilà la pensée qui se présente d'abord à l'esprit. Mais pourquoi moi? Pourquoi Hercule Poirot? Une publicité plus grande eût été obtenue par l'envoi d'un message à Scotland Yard, et, mieux encore, à un journal. Un quotidien se serait peut-être dispensé de publier la première lettre, mais avant que le second crime fût accompli, A. B. C. eût acquis toute la publicité dont est capable la presse. Alors, pourquoi Hercule Poirot? Nourrissait-il contre moi un grief personnel? Je discernai bien dans la première lettre une légère prévention contre les étrangers, mais insuffisante à mon avis pour justifier sa conduite.

« La seconde lettre fut suivie du meurtre de Betty Barnard, à Bexhill. Il devenait évident, ainsi que je l'avais déjà pensé, que les crimes se succéderaient suivant un ordre alphabétique, mais cette constatation qui, aux yeux de la plupart, expliquait tout, laissait, selon moi, la question principale sans réponse... Quel mobile incitait A. B. C. à commettre ces assassinats?

Megan Barnard s'agita sur sa chaise.

— N'existe-t-il pas une folie criminelle, un goût du meurtre? demanda-t-elle.

Poirot se tourna vers elle.

— Vous avez parfaitement raison, mademoiselle, une telle déformation morale existe. Mais la volupté du tueur ne s'applique nullement au cas présent. Un maniaque de l'homicide cherche à supprimer le plus grand nombre de victimes possible. Chez lui, cela devient un besoin. Aussi s'évertue-t-il à dépister la police plutôt qu'à briguer la renommée. Lorsque nous considérons les quatre victimes choisies (du moins trois d'entre elles, car je ne sais pour ainsi dire rien de M. Downes ou de M. Earlsfield), nous constatons que, s'il l'avait voulu, le meurtrier s'en tirait sans susciter le moindre soupçon. Frantz Ascher, Donald Fraser ou Megan Barnard, peut-être M. Clarke, tels sont ceux que la police eût suspectés, même si elle eût manqué de preuves formelles. Jamais on n'eût songé à accuser un inconnu! Alors pourquoi, chez le meurtrier, cette soif de réclame? Etait-il indispensable de laisser auprès de chaque victime un guide A. B. C.? Obéissait-il à quelque prévention bizarre en relation avec ce guide des chemins de fer?

« Jusque-là, impossible de pénétrer l'âme de l'assassin. Ce ne pouvait être, de sa part, magnanimité, l'horreur de voir accuser de ses forfaits un innocent.

« Bien qu'incapable de résoudre la question principale, je finissais par connaître certains côtés du tempérament de l'assassin.

— Par exemple? demanda Fraser.

— D'abord, cet homme était doué d'un esprit méthodique. Il cherchait avant tout à suivre une progression alphabétique. D'autre part, il ne trahissait aucun goût particulier dans le choix de ses victimes : Mme Ascher, Betty Barnard, Sir Carmichael Clarke, toutes différant étrangement l'une de l'autre. Peu lui importaient leur sexe, leur âge et leur rang social. Ce fait est curieux. D'ordinaire, un homme tue sans discernement lorsqu'il veut se débarrasser de tous ceux qui font obstacle à ses desseins. Mais la progression alphabétique nous montre que tel n'était point le cas pour A. B. C. L'autre genre de tueur choisit une catégorie spéciale de victimes, et presque toujours du sexe opposé au sien. Le manque de méthode dans les crimes d'A. B. C. me sembla une véritable contradiction avec son souci méticuleux de l'ordre alphabétique.

« Le choix immuable du guide A. B. C. m'indiqua que notre maniaque possédait ce que j'appellerai une « mentalité ferroviaire », phénomène plus commun chez l'homme que chez la femme. Les petits garçons affectionnent les trains beaucoup plus que les petites filles. J'en conclus que notre homme, insuffisamment développé au point de vue intellectuel, conservait les façons de penser du gamin.

« La mort de Betty Barnard m'apporta de nouvelles précisions. La manière dont elle fut tuée me donna fort à réfléchir. (Veuillez m'excusez, monsieur Fraser.) D'abord, elle fut étranglée avec sa propre ceinture, elle devait donc être en termes amicaux et même affectueux avec son assassin. Lorsque j'appris qu'on reprochait à Betty son caractère frivole, dans mon esprit se dessina un tableau.

« Betty Barnard était une coquette. Elle aimait recevoir les hommages d'hommes au physique agréable. A. B. C., pour la persuader de sortir avec lui, devait dégager une certaine séduction, avoir du *sex appeal*! Je vois d'ici la scène sur la plage : cet homme admire la ceinture de la jeune fille. Elle l'enlève pour la lui montrer de plus près. Il la lui passe autour du cou, histoire de plaisanter, et dit : « Je vais vous étrangler. » Tout cela en badinant. Elle s'exclaffe, et il tire...

Donald Fraser se leva d'un bond. Il était livide.

— Monsieur Poirot... Au nom du Ciel...

Poirot fit un geste d'apaisement.

— C'est fini. Je n'en dirai pas davantage. Passons au meurtre suivant, celui de Sir Carmichael Clarke. Ici l'assassin reprend sa première manière : le coup sur la tête. Toujours l'obsession de l'ordre alphabétique. Cependant, un fait me déroute. Pour être logique avec lui-même, le meurtrier aurait dû choisir ses villes selon un ordre défini.

« Par exemple, si Andover est le 155e nom commençant par A, le crime B aurait également dû être le 155e nom commençant par un B... ou bien le 156e et le crime C le 157e. Ici encore, le choix des villes paraît être dû au hasard.

— Il me semble, Poirot, que vous attachez trop d'importance à ce détail, lui fis-je observer. Personnellement, vous êtes méthodique à l'excès. Chez vous, cette manie devient morbide.

— Pas du tout! Quelle idée! Pour vous faire plaisir, j'admets que j'exagère un peu sur ce point. Passons!

« Le crime de Churston ne m'apporta aucun secours. La chance ne nous favorisa guère, puisque la lettre m'arriva en retard, nous empêchant ainsi de prendre toute disposition à l'avance.

« Mais, à l'annonce du crime D, j'avais élaboré un formidable système de défense : A. B. C. ne pouvait continuer impunément ses méfaits.

« De surcroît, à ce moment l'histoire des bas revint sur le tapis. La présence d'un individu vendant des bas sur le théâtre de chacun des crimes ne pouvait être une simple coïncidence. De là à conclure que ce colporteur était le criminel, il n'y a qu'un pas. Toutefois, j'ajouterai que le signalement de cet homme fourni par Miss Grey ne correspondait pas entièrement à l'idée que je me faisais du meurtrier de Betty Barnard.

« J'effleure les autres points. Un quatrième assassinat est commis : celui d'un nommé George Earlsfield. Tout laisse supposer une erreur : le coup de couteau était destiné à un certain Downes à peu près de la même taille et qui se trouvait assis auprès de la victime dans une salle de cinéma.

« La chance tourne. Les faits s'acharnent contre A. B. C. Il est dépisté, traqué et enfin arrêté.

« Comme le dit Hastings, l'affaire est terminée!

« Peut-être du point de vue du public. Le coupable est sous les verrous et va sans nul doute payer sa dette à la société. La série des meurtres s'arrêtera. *Finis. R. I. P.*

« Pas pour moi! Je ne sais rien, rien du tout, du moment que j'ignore le mobile de ces meurtres. En outre, subsiste l'alibi de Cust lors du crime de Bexhill.

— Oui, et cela ne cesse de me tourmenter, déclara Franklin Clarke.

— Moi aussi, dit Poirot, car cet alibi me paraît fondé. Et il ne saurait être fondé que... Alors se présentent deux hypothèses.

« Supposons, mes amis, que Cust ait commis trois des crimes A, C et D, et non le crime B.

— Voyons, monsieur Poirot. Ce n'est pas...

D'un geste de la main, Poirot imposa silence à Megan Barnard.

— Calmez-vous, mademoiselle. Je cherche la vérité! J'en ai assez du mensonge! Supposons donc qu'A. B. C. n'ait pas commis le second assassinat. Il eut lieu, souvenez-vous, au matin du 25, le jour où A. B. C. arriva pour accomplir son forfait. Admettons que quelqu'un l'ait devancé. En ce cas, qu'aurait-il fait? Aurait-il commis un second meurtre, ou n'aurait-il point bougé, acceptant le crime d'un autre comme une sorte de macabre cadeau?

— Monsieur Poirot! s'écria Megan. Une telle supposition sombre dans le ridicule. Les quatre crimes ont été certainement commis par la seule et même personne!

Sans prêter attention aux paroles de Megan, Poirot continua :

— Une telle hypothèse a le mérite d'éclaircir un fait : la différence entre la personne de M. Cust (qui est tout à fait incapable de jouer le joli cœur auprès d'une jeune fille) et celle du meurtrier de Betty Barnard. Il est notoire que des assassins profitent de crimes exécutés par d'autres. Ainsi Jack l'Eventreur n'a pas commis tous les crimes qu'on lui impute.

« Mais je me heurte maintenant à une énorme difficulté.

« Jusqu'au meurtre de Betty Barnard, les détails concernant A. B. C. sont demeurés ignorés du public. Le crime d'Andover n'avait suscité qu'un piètre intérêt et l'incident du guide des chemins de fer n'avait même pas été cité dans la presse. Il s'ensuivait donc que l'homme qui avait étranglé Betty Barnard avait pu prendre connaissance de faits connus seulement de quelques personnes : moi, la police et certains parents ou voisins de Mme Ascher.

Les visages tournés vers Hercule Poirot trahissaient une vive perplexité.

Donald Fraser prononça, d'un air songeur :

— Les policiers, après tout, sont des hommes comme les autres. Et parmi eux on remarque de fort beaux garçons...

Il s'interrompit et interrogea Poirot du regard. Poirot hocha doucement la tête.

— Non... c'est beaucoup plus simple : je vous parlais d'une seconde hypothèse.

« Admettons que le meurtre de Betty Barnard ne soit pas imputable à Cust, mais à quelqu'un d'autre. Ce quelqu'un ne pourrait-il avoir commis les autres meurtres?

— Mais c'est insensé! s'écria Clarke.

— Pourquoi? A ce moment, je fis ce que j'aurais dû faire dès le début. J'examinai, sous un angle nouveau, les lettres que j'avais reçues. Quelque chose me turlupinait. Je les sentais fausses, tout comme un expert décèle la fausseté d'un tableau.

« Jusque-là, je les avais considérées comme

émanant d'un fou, mais à présent j'arrivais à une conclusion toute différente : le côté louche de ces lettres, c'est qu'elles avaient été écrites par un homme normal.

— Comment! m'écriai-je.

— Ces lettres étaient fausses, comme un tableau est faux, parce qu'elles étaient truquées! Elles voulaient passer pour les lettres d'un fou, d'un maniaque de l'homicide, alors qu'en réalité, il n'en était rien.

— Ce raisonnement n'a aucun sens! insista Franklin Clarke.

— Voyons, réfléchissez un brin. Dans quel dessein ces lettres me furent-elles adressées? Pour attirer l'attention sur l'épistolier et sur les meurtres! Tout d'abord, cela semble dénué de logique. Mais bientôt je commence à comprendre : il s'agit de capter l'intérêt sur plusieurs asassinats, sur une série d'assassinats... N'est-ce point votre grand Shakespeare qui a dit : « La forêt empêche « de voir les arbres. »

Je n'essayai point de corriger les souvenirs littéraires de mon ami, mais concentrai ma pensée sur ce qu'il venait de dire et une lumière jaillit en mon cerveau.

Poirot poursuivit :

— Où remarquez-vous le moins une épingle? Sur une pelote à épingles. Et quand un crime particulier vous frappe-t-il le moins? Quand il fait partie d'une série de crimes.

« J'avais affaire à un assassin habile, plein de ressources et audacieux, un véritable joueur. Pas M. Cust! Il ne pouvait être l'auteur de ces meurtres! Non, il me fallait un homme d'une autre envergure, un individu à la mentalité puérile (témoin ces lettres écrites dans un style d'écolier et la présence des guides de chemins de fer), un homme susceptible de plaire aux femmes et professant le plus grand mépris pour la vie humaine, un homme qui, nécessairement, jouait un rôle prépondérant dans un des meurtres!

« Lorsqu'un crime a été commis, quelles sont les questions posées par la police? Où se trouvait chacun des proches à l'heure fatale? A qui cette mort profite-t-elle? Si le mobile et les circonstances l'accablent, que fait le coupable? Il se prépare un alibi, il essaie de truquer l'heure de quelque façon. Ce stratagème est par trop risqué. Notre assassin a inventé un système de défense plus fantastique : il a créé un maniaque de l'homicide!

« Il me restait à étudier en détail chacun des crimes afin de déceler la personne la plus suspecte. Dans le crime d'Andover figurait Frantz Ascher. Je n'imaginais point cet ivrogne échafaudant et mettant à exécution un tel plan. Quant au crime de Bexhill, Donald Fraser, esprit réfléchi et méthodique, ne pouvait agir que poussé par la jalousie. Or, dans les crimes passionnels, toute idée de préméditation doit être écartée. En outre, Fraser ayant pris ses vacances au début du mois d'août, ne pouvait se trouver raisonnablement à Churston le 30 de ce même mois, jour de l'assassinat de Sir Carmichael Clarke. Dès que j'abordai le crime de Churston, je me sentis sur un terrain bien plus favorable.

« Sir Carmichael Clarke possède une immense fortune. Qui en hérite? Sa femme, une moribonde, en jouira tant qu'elle sera en vie, puis tout passera à son beau-frère, Franklin.

Poirot se détourna lentement et son regard se posa sur Franklin Clarke.

— Du coup, j'acquis la certitude que l'homme soupçonné connu depuis longtemps par mon subconscient et celui que je connaissais sous le nom de Franklin Clarke ne faisaient qu'une seule et même personne.

« Son caractère audacieux et téméraire, sa vie

aventureuse, son chauvinisme anglais qui se trahissait dans ses sarcasmes envers l'étranger, ses manières séduisantes et détachées... rien de plus facile pour lui que de conquérir les bonnes grâces d'une serveuse de café. Avec cela, un esprit méticuleux à l'excès; n'a-t-il pas dressé ici même une liste détaillée touchant les agissements possibles du prétendu A. B. C.? Son âme puérile à laquelle Lady Clarke a fait allusion, son goût prononcé pour les œuvres d'imagination... Après avoir découvert la présence, dans la bibliothèque, d'un ouvrage intitulé : *Les enfants du rail*, par E. Nesbit, plus aucun doute ne subsistait dans son esprit : A. B. C., l'auteur des lettres et des quatre crimes, était bel et bien Franklin Clarke.

Clarke éclata de rire.

— Très ingénieux! Alors? Et notre ami Cust pris sur le fait, les mains encore rouges? Et le sang sur sa veste? Et le couteau caché dans la maison où il logeait? Il peut nier avoir commis ces crimes...

Poirot l'interrompit.

— Vous vous trompez. Il avoue.

— Comment? fit Clarke, stupéfait.

— Oui, dit Poirot. Dès que je lui eus parlé, j'ai compris que Cust se croyait coupable.

— Et alors? Ces aveux ne vous satisfont pas, monsieur Poirot? demanda Clarke.

— Non. Parce que, dès que je l'ai vu, j'ai compris également que Cust ne pouvait être l'assassin. Il n'en a ni la force ni l'audace, ni, je me permets d'ajouter, le cerveau assez solide pour préméditer ces meurtres! J'ai toujours soupçonné que le coupable avait une double personnalité. A présent, je constate qu'il s'agissait, en effet, de deux personnes : le vrai coupable, rusé, ingénieux et téméraire, et le pseudo-assassin, stupide, hésitant et facilement influençable.

« Influençable, voilà le mot qui résume tout

le mystère de Cust! Il ne vous suffisait pas, monsieur Clarke, de disperser l'attention sur plusieurs crimes pour la détourner d'un seul : il vous fallait encore un bouc émissaire.

« Cette idée a dû germer en votre esprit à la suite d'une rencontre fortuite dans un café avec ce personnage bizarre aux noms ronflants. Vous échafaudiez des plans pour faire disparaitre votre frère.

— Ah! vraiment? Pour quelle raison?

— Parce que vous songiez avec appréhension à l'avenir. A votre insu, vous vous êtes livré à moi le jour où vous m'avez montré une certaine lettre de votre frère, dans laquelle il vous faisait part de son affection envers Miss Thora Grey. Ses sentiments pouvaient être seulement paternels, ou peut-être préférait-il ne les considérer que sous ce jour-là? Quoi qu'il en soit, vous avez flairé le danger. Au décès de votre belle-sœur, qui sait si votre frère, dans la solitude, n'eût pas cherché sympathie et réconfort auprès de cette charmante fille avec, pour épilogue, comme la chose se produit fréquemment chez les hommes d'âge mûr, le mariage de Sir Carmichael avec Miss Grey? Vos craintes se sont accrues dès que vous avez vu la jeune fille. Vous devez être un excellent juge, peut-être un peu cynique, de l'âme humaine. A tort ou à raison, vous avez conclu que Miss Grey était une jeune ambitieuse, qui sauterait sur l'occasion de devenir Lady Clarke. Votre frère était doué d'une santé et d'une force physique peu communes. Des enfants pouvaient naître, et votre espoir d'hériter la fortune de votre frère allait s'évanouir.

« Votre destin n'a été qu'une suite de déceptions. Dans la vie, vous avez été la pierre qui roule, sans ramasser beaucoup de mousse. De là, votre jalousie féroce envers votre aîné.

« Je le répète, comme vous réfléchissiez aux

moyens de vous débarrasser de votre frère, votre rencontre avec M. Cust a fait naître chez vous une idée. Ses prénoms ronflants, ses crises épileptiques et ses continuelles migraines, toute sa personnalité insignifiante et repliée sur elle-même, vous permirent de découvrir en lui l'instrument idéal. Alors, cette progression alphabétique germa dans votre cerveau : les initiales de Cust, jointes au fait que le nom de votre frère commençait par un C et qu'il vivait à Churston, furent le point de départ de votre projet. Et vous englobiez Cust dans votre plan... toutefois vous ne comptiez pas que votre idée porterait des fruits aussi magnifiques!

« Vous avez tout préparé de main de maître. Au nom de Cust vous écrivez à un fabricant en gros et vous lui faites adresser une forte quantité de bas de soie. Dans un colis semblable, vous lui faites parvenir un certain nombre de guides A. B. C. Vous lui envoyez une lettre dactylographiée, provenant censément de la même firme, lui offrant un bon fixe et une commission sur la vente. Vous aviez si adroitement prémédité vos différents crimes que vous avez dactylographié toutes les lettres envoyées par la suite, avant de lui offrir la machine dont vous vous étiez servi.

« Pour choisir les deux victimes dont les noms commencent par A et B et vivant dans les localités commençant également par ces lettres, Andover vous a paru convenir pour votre premier crime. Une visite dans la ville vous a conduit à la boutique de Mme Ascher. Son nom est peint sur sa porte et vous n'avez pas tardé à vous rendre compte qu'elle demeurait souvent seule. Ce meurtre nécessitait de l'audace, du sang-froid et beaucoup de chance.

« Pour la lettre B, vous changez de tactique. Les femmes qui tiennent seules des petits magasins ont pu être mises sur leurs gardes. Je crois plutôt qu'à Bexhill vous avez fréquenté les cafés et les salons de thé de la côte, riant et plaisantant avec les serveuses jusqu'à ce que vous ayez trouvé celle dont le nom commence par la bonne lettre et qui répondait à vos desseins.

« Betty Barnard est précisément le genre de jeune fille que vous cherchez. Vous sortez avec elle une ou deux fois, la prévenant que vous êtes marié et que vos promenades ne peuvent avoir lieu en public.

« Votre plan échafaudé de manière satisfaisante, vous vous mettez à l'œuvre! Vous faites parvenir à Cust la liste des gens à visiter à Andover, vous l'enjoignez de s'y rendre à une certaine date puis vous m'adressez la première lettre signée A. B. C.

« Le jour prévu, vous vous rendez à Andover et vous assassinez Mme Ascher, sans que rien ne vienne troubler vos prévisions.

« Le meurtre n° 1 réussit le mieux du monde.

« Quant au second crime, vous prenez la précaution de le commettre, en réalité, la veille. Je suis presque certain que Betty Barnard fut tuée, le 24 juillet, longtemps avant minuit.

« Arrivons maintenant au meurtre n° 3, l'important et, en réalité, le véritable meurtre, à votre point de vue.

« Ici, je dois adresser à mon cher Hastings les louanges qu'il mérite, pour une remarque fort simple et à laquelle je ne prêtai tout d'abord point attention.

« Il me fit observer que cette lettre avait été mal adressée avec intention.

« Et il ne se trompait pas.

« Cet infime détail renferme la réponse à la question qui m'a si longtemps tracassé. Pourquoi les lettres étaient-elles adressées à Hercule Poirot, détective privé, au lieu d'aller directement à Scotland Yard?

« Je crus à quelque raison personnelle.

« Erreur! Ces lettres m'étaient adressées parce que le point essentiel de votre plan était qu'une lettre, mal acheminée par la poste, m'arriverait à destination avec un retard; or, une lettre portant la suscription de Scotland Yard, Bureau des Informations criminelles, ne saurait s'égarer. D'où pour vous la nécessité d'écrire à une adresse privée. Vous m'avez choisi comme personnalité assez marquante et parce que vous ne doutiez pas que mon premier soin serait de transmettre ces lettres à la police; en outre, avec votre mentalité d'insulaire, il vous plaisait de vous moquer d'un étranger.

« Avouons que le tour était adroitement joué. *Whitehorse...* Whitehaven... une méprise fort naturelle. Seul, Hastings se montra suffisamment perspicace pour écarter les subterfuges et voir les choses en pleine évidence.

« Bien entendu, la lettre devait s'égarer et la police arriver sur les lieux une fois le meurtre accompli. La promenade nocturne de votre frère vous en fournit l'occasion. Et la terreur d'A. B. C. avait si bien réussi à émouvoir l'esprit public que nul ne songea à vous soupçonner.

« Votre frère mort, votre but était atteint. Vous ne désiriez plus commettre de nouveaux meurtres. Oui, mais si les meurtres cessaient sans rime ni raison, la vérité pourrait se faire jour.

« Votre bouc émissaire, M. Cust, avait si bien joué son rôle de l'homme invisible, par son insignifiance, que nul n'avait encore remarqué sa présence, à chacun des trois crimes, dans le voisinage de le demeure de la victime. A votre consternation, sa visite à Combeside avait passé inaperçue et Miss Grey l'avait complètement oubliée.

« Avec votre maîtrise habituelle, vous décrétez

qu'un autre crime aura lieu, mais, cette fois, la piste doit être découverte.

« Vous choisissez Doncaster pour théâtre des opérations.

« Votre plan est très simple. Vous vous trouverez comme par hasard dans cette ville. M. Cust sera envoyé par sa firme à Doncaster. Vous imaginez de le suivre et vous choisissez le moment opportun de frapper. Tout marche à souhait, M. Cust se rend au cinéma. Quoi de plus naturel? Vous vous asseyez à quelques fauteuils plus loin que lui. Quand il se lève, vous l'imitez. Vous faites semblant de trébucher et, vous appuyant en avant, vous frappez un spectateur qui ronfle dans le rang précédent, vous lui glissez le guide A. B. C. sur les genoux et vous vous arrangez de façon à bousculer légèrement M. Cust à la sortie encore plongée dans l'obscurité; vous en profitez pour essuyer le couteau sur sa manche et le glisser dans la poche de son veston.

« Sans vous inquiéter cette fois de chercher une victime dont le nom commence par un D, vous pensez, et à juste titre, que chacun y verra une simple méprise. Dans une salle de cinéma, il y a certainement, à peu de distance de vous, un homme dont le nom commence par un D. Chacun croira qu'il était désigné au poignard de l'assassin.

« A présent, mes amis, considérons l'affaire du point de vue du faux A. B. C., autrement dit M. Cust.

« Il n'attache aucune signification au crime d'Andover. Il est désagréablement surpris par celui de Bexhill : à ce moment-là, il déambulait dans le voisinage! Puis vint le crime de Churston, annoncé par les manchettes des journaux. Un crime d'A. B. C. à Andover, un crime d'A. B. C. à Bexhill, et maintenant un autre tout près... Trois crimes, et il se trouve sur la scène chaque fois.

Les épileptiques ont souvent des vides dans l'esprit et ne se souviennent plus de leurs actes... N'oubliez pas que Cust est un sujet excessivement nerveux, impressionnable et influençable au plus haut degré.

« Bientôt il reçoit l'ordre de se rendre à Doncaster.

« Doncaster! Le prochain crime d'A. B. C. doit avoir lieu à Doncaster. Cust sent la fatalité peser sur lui. Il perd son sang-froid et s'imagine que sa logeuse le regarde avec méfiance, alors il lui dit qu'il part pour Cheltenham.

« Il va tout de même à Doncaster par devoir professionnel. Il passe l'après-midi au cinéma et somnole quelques minutes.

« Représentez-vous ses frayeurs quand, à son retour à l'auberge, il aperçoit du sang sur sa manche de veston et tire de sa poche un couteau ensanglanté. Tous ses vagues pressentiments se transforment en une horrible certitude.

« C'est lui, le tueur! Il se rappelle ses maux de tête, ses absences de mémoire. Il en est certain, c'est lui, Alexandre-Bonaparte Cust, le maniaque homicide.

« Après quoi, il se comporte à l'instar d'une bête traquée. Il regagne son logement, à Londres. Là, il se croit en sûreté. N'a-t-il pas prévenu qu'il allait à Cheltenham. Il a toujours le couteau en sa possession, une imprudence inouïe. Il dissimule l'objet derrière le porte-manteau du vestibule.

« Un jour, on l'avertit que la police vient le trouver. C'est fini! On sait...

« L'animal aux abois se lance dans sa dernière course...

« Pourquoi choisit-il Andover? Sans doute poussé par le désir morbide de hanter l'endroit où le crime a été commis, le crime qu'il a commis, bien qu'il n'en ait plus souvenance.

« Il n'a plus un sou, il est à bout de forces, ses pas le conduisent au poste de police.

« Cependant, même une bête acculée se défend. M. Cust est convaincu qu'il a commis ces crimes, mais il proteste de son innocence et se raccroche avec désespoir à l'alibi concernant le second meurtre. Du moins, on ne pourra l'accuser de celui-là!

« Ainsi que je vous l'ai dit, je me suis tout de suite rendu compte que Cust n'était pas coupable et que mon nom ne lui disait rien. D'autre part, j'eus immédiatement l'impression qu'il se considérait comme le meurtrier!

« Lorsqu'il m'eut avoué sa culpabilité, plus que jamais je me ralliai à ma première hypothèse.

— Tout à fait absurde, déclara Franklin Clarke.

Poirot hocha la tête.

— Monsieur Clarke, vous ne risquiez rien tant qu'on ne vous suspectait pas, mais, dès que j'ai conçu sur vous quelques soupçons, les preuves ont été aisées à établir.

— Des preuves?

— Parfaitement. J'ai trouvé, dans une armoire de Combeside, la canne dont vous vous êtes servi pour les meurtres d'Andover et de Churston : une canne ordinaire avec une poignée lourde et épaisse. Une partie du bois avait été enlevée et remplacée par du plomb fondu. Parmi une douzaine de photographies, la vôtre a été repérée par deux personnes qui vous ont vu à la sortie du cinéma, alors que chacun vous croyait aux courses à Doncaster. A Bexhill, l'autre jour, Milly Highley vous a reconnu, ainsi qu'une serveuse de l'auberge du Coureur Ecarlate où vous avez emmené dîner Betty Barnard en cette fatale soirée. Et enfin — le pis de tout — vous avez négligé une précaution des plus élémentaires. Vous avez laissé une empreinte digitale sur la machine à écrire de Cust. Cette machine qui n'aurait jamais dû passer entre vos mains si vous aviez été innocent.

Clarke demeura immobile pendant une minute, puis :

— Rouge, impair, manque! s'écria-t-il. Vous gagnez la partie, monsieur Poirot. Cela valait tout de même la peine de tenter la chance!

Avec une rapidité incroyable, il tira un petit revolver de sa poche et appuya le canon à sa tempe.

Je poussai un cri et reculai involontairement en attendant la détonation.

Mais elle ne se produisit point, on entendit seulement un léger déclic tout à fait inoffensif.

Clarke ouvrit de grands yeux et regarda son arme avec stupeur, puis il proféra un juron.

— Inutile, monsieur Clarke, dit Poirot N'avez-vous pas remarqué que j'avais un nouveau serviteur aujourd'hui? Un de mes amis spécialiste dans l'art du pick-pocket. Il vous a subtilisé votre revolver de votre poche, l'a déchargé et remis en place sans éveiller votre attention.

— Espèce de sale étranger! cria Clarke, le visage tout rouge de colère.

— Oh! pensez de moi ce qu'il vous plaira, monsieur Clarke, pas de fin libératrice pour vous! Vous avez dit à M. Cust que plusieurs fois vous avez échappé à un naufrage, vous savez ce que cela signifie... que vous étiez destiné à un autre genre de mort.

— Vous...

Les mots lui manquèrent. Le visage livide, il tordit les poings en un geste menaçant.

Deux détectives de Scotland Yard se précipitèrent de la pièce voisine. L'un d'eux était Crome. Il s'avança et prononça la formule consacrée :

— Je vous préviens que toutes les paroles que

vous prononcerez désormais figureront au procès-verbal.

— Il en a dit suffisamment, déclara Poirot, puis il se tourna vers Clarke : Vous vous flattez de votre supériorité d'insulaire. Quant à moi, je considère que votre crime est indigne d'un Anglais, il est bas et n'a rien de sportif...

CHAPITRE XXXV

ÉPILOGUE

A mon grand regret, je dois dire qu'une fois la porte refermée sur le groupe de Franklin Clarke escorté des policiers, j'éclatai de rire.

Poirot me regarda d'un air étonné.

— Mais oui, vous lui avez dit que son crime n'était pas sportif!

— C'est la pure vérité. Le côté abominable de son acte n'est pas tant le meurtre de son frère que le fait de laisser condamner un infortuné à une mort vivante : attraper un renard, l'enfermer dans un placard et ne point le laisser échapper! C'est du sport, cela?

Megan Barnard poussa un profond soupir.

— Je ne puis y croire. Est-ce donc vrai?

— Oui, mademoiselle. Le cauchemar est fini.

Elle le regarda et se mit à rougir.

Poirot se tourna vers Fraser.

— Mlle Megan était hantée par la crainte que ce fût vous l'auteur du second meurtre.

— Moi-même je l'ai cru un instant, dit Fraser avec calme.

— A cause de votre rêve?

Poirot s'approcha du jeune homme et baissa la voix :

— Votre rêve provient d'une cause toute naturelle. L'image d'une des sœurs s'efface déjà de votre souvenir pour laisser la priorité à l'autre. Mlle Megan a pris dans votre cœur la place de sa propre sœur, mais comme vous répugnez d'être infidèle envers celle qui vient de mourir, vous essayez de chasser le nouvel amour, de le tuer! Telle est l'explication de votre rêve.

Les yeux de Fraser se posèrent sur Megan.

— Ne craignez pas l'oubli, conseilla doucement Poirot. Vous retrouverez cent fois plus de qualités en Mlle Megan... un cœur magnifique!

Le visage de Fraser s'éclaira.

— Vous avez raison!

Nous assaillîmes tous Poirot de demandes sur tel ou tel point qui nous demeurait obscur.

— Dites, monsieur Poirot, ces questions que vous avez posées à chacun de nous, était-ce sérieux?

— Quelques-unes n'étaient que des plaisanteries, mais j'appris ce que je voulais savoir. Franklin Clarke était à Londres quand la première lettre fut mise à la poste. En outre, je voulais me rendre compte de la tête qu'il ferait en m'entendant poser la question à Mlle Thora. Il ne s'y attendait pas et je vis aussitôt la colère et la méchanceté fulgurer dans son regard.

— Vous n'avez guère, ce me semble, témoigné d'égards envers mes sentiments, dit Thora Grey.

— Mademoiselle, vous ne m'avez pas répondu avec franchise, répliqua Poirot d'un ton sec. A présent, votre second espoir s'est évanoui. Franklin Clarke ne deviendra pas l'héritier de son frère.

Miss Grey rejeta fièrement la tête en arrière.

— Dois-je rester ici plus longtemps pour recevoir vos insultes?

— Rien ne vous y oblige, fit Poirot, tenant poliment la porte ouverte devant elle.

— Cette empreinte digitale sur la machine à écrire a été le coup décisif, dis-je pensivement. Lorsque vous en avez parlé, toute la morgue de Franklin Clarke l'a abandonné.

— Très utiles, en effet, les empreintes digitales.

Il ajouta, rêveur :

— J'ai ajouté cela, simplement pour vous faire plaisir, mon ami.

— Alors, Poirot, ce n'était pas vrai?

— Pas le moins du monde, mon ami, dit Hercule Poirot.

***

Quelques jours plus tard, nous eûmes la visite de M. Alexandre-Bonaparte Cust. Après avoir serré avec effusion la main de Poirot et essayé, de façon incohérente et malhabile, de remercier mon ami, M. Cust se redressa et dit :

— Si je vous disais qu'un journal m'a offert cent livres, oui, cent livres, pour que je lui donne un bref récit de ma vie et de mon histoire. Vraiment, je ne sais ce qu'il faut faire.

— A votre place, je ne me contenterais pas de cent livres, recommanda Poirot. Insistez. Exigez cinq cents livres et soyez ferme. En outre, ne vous limitez pas à un seul journal.

— Croyez-vous que je puis, réellement...

— Mais oui! encouragea Poirot en souriant. N'êtes-vous pas célèbre? En vérité, vous êtes l'homme dont on parle le plus en Angleterre actuellement.

M. Cust se redressa et la joie éclairait son visage.

— Ma foi, vous avez raison! La gloire! Dans tous les journaux! Je suivrai votre conseil, monsieur Poirot. Cet argent arrive au bon moment. Je me paierai des vacances, et j'offrirai un joli cadeau de noces à Lily Marbury, une charmante petite fille, tout à fait charmante, monsieur Poirot.

Poirot lui tapota l'épaule.

— A la bonne heure! Prenez un congé et jouissez un peu de l'existence. Attendez, un dernier conseil : Si vous alliez consulter un oculiste? Ces maux de tête proviennent certainement d'un défaut de vos lunettes. Faites changer les verres!

— Vous croyez que tout mon mal vient de là?

— J'en suis persuadé.

M. Cust donna une chaleureuse poignée de main à Poirot.

— Vous êtes, sans contredit, un grand homme, monsieur Poirot.

Comme d'habitude, mon ami ne dédaigna pas le compliment; il ne réussit même pas à paraître modeste.

Lorsque M. Cust eut franchi le seuil, d'une allure fière et hataine, mon vieil ami sourit en me regardant.

— Et voilà, Hastings. Une fois de plus nous avons été à la chasse, n'est-ce pas? Vive le sport!

IMPRIMÉ EN FRANCE PAR BRODARD ET TAUPIN
58, rue Jean Bleuzen - Vanves - Usine de La Flèche.
ISBN : 2 - 7024 - 0378 - 6

H 52/0263/5